VAARIN

SUURI PAKOMATKA

David Walliams

VAARIN
SUURI PAKOMATKA

Kuvittanut Tony Ross

Suomentanut Kaisa Kattelus

TAMMI

HELSINKI

Englanninkielinen alkuteos *GRANDPA'S GREAT ESCAPE*
ilmestyi Isossa-Britanniassa 2015 (HarperCollins *Children's Books,*
a division of HarperCollins*Publishers* Ltd)

Teksti © David Walliams, 2015
Kuvitus © Tony Ross, 2015

Translation © translated under licence from HarperCollins*Publishers* Ltd
David Walliams and Tony Ross assert the moral right to be identified as the author
and illustrator of this work.

Suomenkielinen laitos © Kaisa Kattelus ja Tammi, 2024
Tammi on osa Werner Söderström Osakeyhtiötä

ISBN 978-952-04-5749-5
Painettu EU:ssa

Neiti Swine on läheisen vanhainkodin, *Illankajon linnan*, ylihoitaja.

Tämä vartija työskentelee sotamuseossa
Lontoossa.

Konstaapelit Beef ja Bone, rikoksia ratkova kaksikko.

Tämä on kaupungin kirkkoherra, pastori Hogg.

Raj on kioskikaupan   Neiti Verity on Jackin
pitäjä.   koulun historianopettaja.

Tässä ovat Jackin äiti ja isä. Barbara-äiti työskentelee lähisupermarketin juustotiskillä. Barry-isä on kirjanpitäjä.

Vaari oli kauan sitten kuninkaallisten ilmavoimien lentäjä.

Toisessa maailmansodassa hän lensi Spitfire-hävittäjää.

Tämä tarina sijoittuu vuoteen 1983. Se oli aikaa ennen internetiä, matkapuhelimia ja tietokonepelejä, joita voi pelata viikkokausia. Vuonna 1983 vaari oli jo vanha mies, mutta hänen pojanpoikansa Jack oli vasta 12-vuotias.

Tämä on tarina Jack-nimisestä
pojasta ja hänen vaaristaan.

Markkinointi.. ALISON RUANE

JA NICOLA WAY

PR... GERALDINE STROUD

JA SAM WHITE

Ohjaus .... RACHEL DENWOOD

David Walliamin
kirjallisuusagentti .... INDEPENDENTIN

PAUL STEVENS

Vastaava tuottaja........................ CHARLIE REDMAYNE

Tuottaja.............................. ANN-JANINE MURTAGH

Erityiskiitokset Imperial War Museumin Charlotte Sluterille ja Laura Cloutingille, Goodwood Aerodromen Tim Granhawille, Matt Jonesille, Andy Annabelille ja Gerry Jonesille, sekä RAF-neuvonantajalle John Nicholille.

HarperCollins *Children's Books*

esittää

VAARIN
SUURI PAKOMATKA

Kirjoittanut .... DAVID WALLIAMS

Kuvittanut .... TONY ROSS

Kustannustoimitus .... RUTH ALLTIMES

Toimitus ....GEORGIA MONROE

Taitto .... ELORINE GRANT

Kansi.. KATE CLARKE

Ääni ....TANYA BRENNAND-ROPER

*Tämä kirja on omistettu Samille &
Phoebelle, jotka ovat melkein aina kilttejä.
Rakkaudella David*

Rouva Trifle, majuri ja kontra-amiraali ovat
vanhainkodin asukkaita.

Tässä on Illankajon linnassa työskenteleviä hoitajia:
hoitaja Ruusu, hoitaja Kukka ja hoitaja Nuppu.

Tämä on **Illankajon linna**.

Illankajon linna
Hoidamme ei-toivotut
vanhuksenne

Tässä on kaupungin kartta

Kirkko

Tori

Rautatieasema

Rajin
asunto

Vaarin
asunto

Illankajon linna

Nummi

Koulu

KOULU

Puisto

Rajin
kioski-
kauppa

Jackin
koti

Prologi

Eräänä päivänä vaari alkoi unohdella asioita. Aluksi hän unohteli vain kaikenlaista pientä. Hän keitti itselleen kupillisen teetä ja unohti juoda sen. Pian hänen keittiönpöydällään oli rivissä kymmenen jäähtynyttä teekuppia. Tai hän pani kylpyveden valumaan, unohti sulkea hanan ja aiheutti tulvan alakerran naapuriin. Tai hän lähti kotoa ostamaan postimerkkejä mutta ostikin seitsemäntoista muropakettia. Vaari ei edes tykännyt muroista.

Pikkuhiljaa vaari alkoi unohdella isompia asioita. Sen, mikä vuosi oli menossa. Oliko hänen kauan sitten kuollut vaimonsa Peggy elossa vai ei. Eräänä päivänä hän ei enää tunnistanut omaa poikaansa.

Kaikkein hämmentävintä oli, että vaari unohti tykkänään olevansa iäkäs eläkeläinen. Hän oli aina kertonut pienelle pojanpojalleen Jackille tarinoita seikkailuistaan kuninkaallisissa ilmavoimissa kauan sitten toisessa maailmansodassa. Nyt nämä tarinat muuttuivat hänelle koko ajan todellisemmiksi. Itse asiassa hän ei enää tyytynyt vain kertomaan tarinoitaan vaan alkoi elää niitä uudelleen. Nykyhetki haalistui rakeiseksi mustavalkokuvaksi, kun taas menneisyys alkoi loistaa kaikissa väreissä. Oli yhdentekevää, missä vaari oli, mitä hän teki tai kuka hänellä oli seurassaan. Mielessään hän oli salskea nuori lentäjä Spitfire-hävittäjän ohjaimissa.

Vaarin läheisten oli vaikea ymmärtää tätä.

Paitsi yhden.

Hänen pojanpoikansa Jackin.

Kaikkien lasten tavoin Jack rakasti leikkimistä, ja hänestä näytti siltä kuin vaari olisi leikkinyt.

Hän tajusi, että tarvitsi vain leikkiä mukana.

OSA I

KOHTI TAIVAITA

1

Nötköt à la maitokiisseli

Jack viihtyi kaikkein parhaiten omassa huoneessaan ja
omissa oloissaan. Hän oli ujo lapsi, eikä hänellä ollut pal-
jon ystäviä. Hän ei pelannut jalkapalloa puistossa koulu-
kavereiden kanssa vaan istui sisällä kokoamassa rakkaita
lentokoneiden pienoismallejaan. Hänen suosikkejaan olivat
ne, joita oli käytetty toisessa maailman-
sodassa: Lancaster-pommikone,
Hurricane ja tietysti vaarin
vanha kone, tarunhohtoinen
Spitfire. Natsien puolel-
ta hänellä oli pienoismallit
Dornier-pommikoneesta,
Junkersista ja Spitfiren veri-
vihollisesta, Messerschmit-
tistä.

Jack maalasi pienoismallinsa huolellisesti ja ripusti ne siimalla kattoon. Siellä leijuessaan ne näyttivät siltä kuin olisivat olleet keskellä hurjaa ilmataistelua. Jack katseli niitä iltaisin yläsängystään ja vaipui uneen kuvitellen olevansa kuninkaallisten ilmavoimien lentäjä-ässä ihan niin kuin vaari oli aikoinaan ollut. Hänellä oli vaarin kuva sänkynsä vieressä. Vanhassa mustavalkokuvassa vaari oli vielä nuori mies. Kuva oli otettu joskus vuonna 1940, kun taistelu Britanniasta kävi kiihkeimmillään. Vaari seisoi kuvassa ylpeänä ilmavoimien univormussaan.

Haaveissaan Jack lensi aina ylös, ylös korkeuksiin aivan niin kuin vaarikin oli tehnyt. Jack olisi antanut kaikkensa, koko menneisyytensä ja tulevaisuutensa, jos olisi saanut edes hetken istua vaarin tarunhohtoisen Spitfire-hävittäjän ohjaimissa.

Haaveissaan hän oli urhea solttu.
Todellisuudessa hän oli surkea tonttu.

Pulma oli siinä, että hänen päivänsä olivat täsmälleen toistensa kaltaisia. Hän meni joka aamu kouluun, teki joka iltapäivä läksyt, söi joka ilta ruokansa television ääressä. Kunpa hän ei olisi ollut niin ujo. Kunpa hänellä olisi ollut paljon ystäviä. Kunpa hän olisi voinut murtautua ulos tylsästä elämästään.

Jackin viikon kohokohta oli sunnuntai. Silloin äiti ja isä jättivät hänet vaarin seuraan. Kun vaarin mieli oli ollut kirkkaampi, hän oli vienyt Jackia unohtumattomille retkille. Kaikkein hauskinta oli ollut käydä Lontoon sotamuseossa. Lontoo ei ollut kovin kaukana, ja museo oli oikea sotahistorian aarreaitta. He olivat yhdessä ihailleet pääsalin katosta riippuvia vanhoja sotakoneita. Heidän suurin suosikkinsa oli tietysti tarunhohtoinen Spitfire. Aina kun vaari näki sen, hänen mieleensä tulvi muistoja. Hän kertoi tarinoitaan Jackille, joka ahmi joka sanan. Pitkällä bussimatkalla kotiin Jack pommitti vaaria sadoilla ja sadoilla kysymyksillä.

"Mikä oli suurin nopeus jota lensit Spitfirella?"

"Pitikö sinun koskaan hypätä laskuvarjolla?"

"Kumpi on parempi hävittäjä, Spitfire vai Messersch-
mitt?"

Vaarista oli hauskaa vastailla näihin kysymyksiin.
Usein heidän ympärilleen bussin yläkertaan kerääntyi lau-
ma lapsia kuuntelemaan hänen uskomattomia tarinoitaan.

"Tämä tapahtui kesällä 1940", vaari aloitti. "Taiste-
lu Britanniasta kävi kiivaimmillaan. Yhtenä yönä lensin

Spitfirella Englannin kanaalin yli. Olin joutunut eroon lentolaivueestani. Hävittäjäni oli kokenut taistelussa kovia. Nyt lensin vaivalloisesti kohti tukikohtaa. Juuri silloin kuulin takaani konekiväärien äänen. RATA-TATAT! Siellä oli natsien Messerschmitt. Aivan kannoillani! Taas. RATATATAT! Olimme kahdestaan meren yllä. Alkoi tulinen taistelu..."

Vaarista oli mahtavaa kertoilla seikkailuistaan. Jack

kuunteli korvat hörössä, sillä jokainen yksityiskohta oli hänestä kiinnostava. Hänestä tuli pikkuhiljaa aikamoinen hävittäjäekspertti. Vaari sanoi, että pojasta sukeutuisi vielä loistolentäjä. Silloin Jackin sydän oli pakahtua ylpeydestä.

Jos telkkarista tuli mustavalkoinen sotaelokuva, he asettuivat mukavasti vaarin sohvaan katsomaan sitä. He katsoivat yhä uudelleen klassikon nimeltä *Lentäjäsankari*. Se kertoi lentäjä Douglas Baderista, joka menetti molemmat jalkansa kauheassa onnettomuudessa ennen toista maailmansotaa. Siitä huolimatta hänestä tuli maineikas lentäjä-ässä. Sateiset sunnuntai-iltapäivät olivat kuin luotuja sellaisille elokuville kuin *Lentäjäsankari, Yksi pommikoneistamme on kateissa, Tie tähtiin* tai *Kysymys elämästä ja kuolemasta*. Ne hetket olivat parasta mitä Jack tiesi.

Ikävä kyllä vaarin tarjoama ruoka oli hirvittävää. Hän kutsui sitä muonaksi, niin kuin sota-aikaan oli ollut tapana. Hän söi ainoastaan säilykkeitä. Hän valitsi täysin sattumanvaraisia aineksia ruokakomerostaan ja sekoitti ne kattilassa.

Suolalihaa ja
ananaspaloja.

Sardiineja ja
riisipuuroa.

Siirappikakkua ja
herneitä.

Papuja
tomaattikastikkeessa
ja säilykepersikoita.

Porkkanasiivuja maitotiivisteessä.

Tomaattikeitolla
päällystettyä
suklaakakkua.

Sardiineja ja
spagettirenkaita.

Munuaispiirasta ja
säilykehedelmiä.

Ryynimakkaraa ja sen
päällä säilykekirsikoita
sokeriliemessä.

Ja vaarin erikoisuutta, *Nötköt à la maitokiisseli.*

Ranskalaisten sanojen käyttö antoi ruokalajille hienostuneisuutta, jota se ei ansainnut. Onneksi Jack ei käynyt vaarin luona ruokien vuoksi.

Toinen maailmansota oli ollut vaarin elämän merkittävintä aikaa. Se oli sitä aikaa, jolloin ilmavoimien rohkeat lentäjät taistelivat maansa puolesta. Natsit suunnittelivat Britannian valloitusta ja olivat laatineet juonen nimeltä Operaatio Merileijona. Mutta suunnitelma ei onnistunut, sillä he eivät onnistuneetkaan valloittamaan taivaita ja suojaamaan sotajoukkojaan ylhäältä käsin. Yötä päivää ja oman henkensä uhalla vaarin kaltaiset lentäjät puolustivat maanmiehiään valloittajalta.

Vaari ei lukenut iltasaduksi kirjoja vaan kertoi tosielämän sotaseikkailuistaan. Hänen tarinansa löivät laudalta kaikki maailman kirjat.

"Vielä yksi juttu! Jooko!" Jack aneli eräänä iltana. "Kerro siitä kun koneesi ammuttiin alas ja jouduit tekemään pakkolaskun Englannin kanaaliin!"

"Alkaa olla vähän myöhä", vaari vastasi. "Alahan jo nukkua. Lupaan kertoa sen aamulla ja monia muita lisäksi."

"Mutta –"

"Tulen tapaamaan sinua uniisi, majuri", vaari sanoi ja antoi Jackille hellän suukon otsalle. "Majuri" oli hänen lempinimensä pojanpojalle. "Nähdään taivaalla. Lennetään ylös, *ylös korkeuksiin.*"

"Ylös, *ylös korkeuksiin!*" Jack toisti vaipuessaan uneen vaarin vierashuoneessa, ja sitten hän näki unia, joissa oli hävittäjälentäjä. Vaarin kanssa oli aina niin mahtavaa!

Mutta kaikki muuttuisi pian.

2

Tohvelit

Pikkuhiljaa vaarin mieli ajelehti yhä useammin muinaisiin loiston päiviin. Tämän tarinan alkamisen aikoihin hän uskoi jo täysin olevansa toisessa maailmansodassa. Ei merkinnyt mitään, että sota oli loppunut vuosikymmeniä sitten.

Vaarin mieli harhaili siksi, että hänellä oli sairaus, joka joskus vaivaa vanhoja ihmisiä. Sairaus oli vakava, eikä siihen ikävä kyllä ollut parannuskeinoa. Pikemminkin se luultavasti pahenisi ajan myötä, kunnes vaari ei lopulta ehkä muistaisi edes omaa nimeään.

Mutta elämä on sellaista, että murheeseenkin sekoittuu usein naurua. Viime aikoina vaarin sairaus oli synnyttänyt hullunkurisia tilanteita. Britanniassa vietetään syksyisin perinteistä kokkoyötä, ja kun naapurin puutarhasta oli alettu lähettää ilotulitusraketteja, vaari oli vaatinut kaikkia siirtymään pommisuojaan. Kerran vaari taas leikkasi lehdenohuen minttusuklaaneliön linkkuveitsellä neljään osaan ja jakoi sen perheen kesken "säännöstelyn" vuoksi.

Kaikkein mieleenpainuvin tapaus oli se, kun vaari sai
päähänsä että supermarketin ostoskärry olikin Lancaster-
pommikone. Hän viiletti kaupan käytävillä suorittamas-
sa huippusalaista tehtävää ja viskeli ympärilleen valtavia
jauhopusseja. Nämä "pommit" räjähtelivät kaikkialle –
ruokien päälle ja tiskeille, ja lopulta myymälänjohtajakin
oli yltä päältä jauhojen peitossa.

Naisparka oli kuin puuteroitu aave. Puhdistusoperaatioon meni viikkoja. Vaari sai ikuisen porttikiellon supermarkettiin.

Joskus vaarin muistin hapertuminen aiheutti ahdistavia hetkiä. Jack ei ollut ikinä tavannut mummiaan, sillä mummi oli kuollut melkein neljäkymmentä vuotta aikaisemmin. Se oli tapahtunut eräänä yönä sodan loppupuolella natsien pommittaessa Lontoota. Jackin isä oli ollut vastasyntynyt vauva. Mutta kun Jack oli käymässä vaarin pikkuisessa asunnossa, vaari saattoi joskus huhuilla "Peggy-kultaa", aivan kuin mummi olisi ollut viereisessä huoneessa. Silloin Jackin silmiin kihosi kyyneliä. Hänen sydäntään särki.

Kaikesta huolimatta vaari oli erittäin ylpeä ihminen. Kaiken piti hänen mielestään olla aina "tiptop".

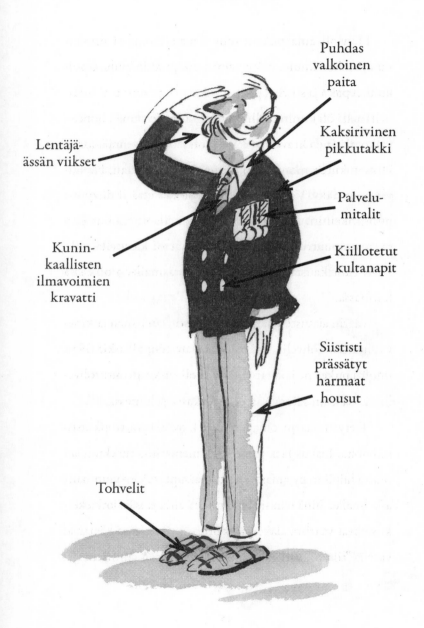

Puhdas
valkoinen
paita

Kaksirivinen
pikkutakki

Lentäjä-
ässän viikset

Palvelu-
mitalit

Kunin-
kaallisten
ilmavoimien
kravatti

Kiillotetut
kultanapit

Siististi
prässätyt
harmaat
housut

Tohvelit

Hän oli aina pukeutunut moitteettomasti univormuun, johon kuului kaksirivinen pikkutakki, puhdas valkoinen paita ja siististi prässätyt harmaat housut. Kaulassa hänellä oli kuninkaallisten ilmavoimien puna-, hopea-, valkoraitainen kravatti. Hänellä oli salskean lentäjä-ässän viikset, kuten monilla ilmavoimien tovereillaan. Ne olivat upea näky. Viikset olivat niin pitkät, että yhdistyivät pulisonkeihin. Näytti siltä kuin hänellä olisi ollut parta, josta puuttui leukaosa. Vaari saattoi kieritellä viiksiään tuntikausia, kunnes ne olivat täsmälleen oikeassa kulmassa.

Vaarin ajatusten harhailun paljasti vain hänen jalkinevalintansa. Tohvelit. Vaari ei enää käyttänyt kenkiä. Hän unohti pukea ne jalkaan. Hänellä oli ruskeat ruututohvelit säässä kuin säässä, sateessa, loskassa ja lumessa.

Tietysti vaarin omaperäinen käytös herätti aikuisissa huolta. Joskus Jack teeskenteli menevänsä nukkumaan mutta hiipikin pyjamassaan istumaan portaiden ylimmälle askelmalle. Siinä hän sitten kuunteli äitiä ja isää, jotka keskustelivat vaarista alakerran keittiössä. Äiti ja isä käyttivät vaarin "tilasta" vaikeita sanoja, joita Jack ei ymmärtänyt.

Sitten he kiistelivät, pitäisikö vaari panna vanhainkotiin. Jackista oli kamalaa kuulla, kun vaarista puhuttiin tällä tavalla, aivan kuin hän olisi jonkinlainen ongelma. Mutta Jack oli vasta 12-vuotias eikä tiennyt, mitä olisi voinut tehdä.

Silti Jack kuunteli ihastuneena vaarin juttuja sota-ajan seikkailuista vielä nytkin, kun nuo jutut olivat muuttuneet vaarille niin todellisiksi, että he olivat alkaneet elää niitä yhdessä. Ne olivat kuin seikkailukirjoja, tarinoita rohkeista teoista.

Vaarilla oli kylpyammeen kokoinen vanha puinen levysoitin. Hän soitti sillä ponnekasta orkesterimusiikkia niin kovalla äänellä kuin laitteesta lähti. Sotilassoittokunnat olivat hänen suosikkejaan, ja kaksikko kuunteli mahtavia marsseja ja uljaita klassisia sävellyksiä pitkälle yöhön. Vanhoista nojatuoleista tuli heille ohjaamo. Heidän kuvitteelliset hävittäjänsä liitelivät musiikin mukana. Vaarilla oli Spitfire, Jackilla Hurricane. He lensivät ylös, ylös korkeuksiin. He kohosivat yhdessä pilvien yläpuolelle ja hämäsivät vihollisen koneita. Joka sunnuntai-ilta nuo kaksi lentäjä-ässää voittivat taistelun Britanniasta lainkaan poistumatta isoisän pienestä asunnosta.

Isoisä ja Jack elivät omassa maailmassaan ja kokivat lukemattomia mielikuvitustaisteluja.

Kunnes eräänä iltana alkoikin ihan oikea seikkailu.

3

Juustoinen leyhähdys

Tuona iltana Jack nukkui omassa huoneessaan ja uneksi olevansa toisen maailmansodan lentäjä niin kuin joka yö. Hän istui Hurricane-koneen ohjaimissa ja taisteli juuri hurjaa Messerschmitt-lentolaivuetta vastaan, kun jossain kaukana soi puhelin.

RING RING RING RING.

Kummallista, hän ajatteli, sillä eihän 1940-luvun hävittäjissä ollut puhelimia. Silti puhelin vain jatkoi soimistaan.

RING RING RING RING.

Jack hätkähti hereille. Noustessaan istumaan hän löi päänsä katosta riippuvaan Lancaster-pommikoneen pienoismalliin.

"Au!" hän huudahti. Hän tarkisti ajan nikkelöidystä ilmavoimien kellosta, jonka oli saanut vaarilta.

Puoli kolme.

Kuka kumma heille tähän aikaan soitti?

Jack loikkasi yläsängystä ja avasi huoneensa oven. Äiti puhui puhelimeen alhaalla hallissa.

"Ei ole tullut tänne", äiti sanoi.

Äiti oli hetken hiljaa ja jatkoi taas. Äidin tuttavallisesta äänensävystä oli helppo arvata, että soittaja oli isä.

"Eikö sitä näy? No, mitä sinä nyt sitten teet? Tiedän, että se on sinun isäsi! Mutta et sinä koko yötä voi sitä etsiä!"

Jack ei kyennyt olemaan hiljaa. Hän huusi portaiden yläpäästä: "Mitä vaarille on tapahtunut?"

Äiti katsoi häntä. "Hieno homma, Barry, nyt Jack on hereillä!" Äiti peitti luurin kädellään. "Heti paikalla takaisin nukkumaan! Huomenna on koulupäivä!"

"Ihan sama!" Jack sanoi uhmakkaasti. "Mitä vaarille on tapahtunut?"

Äiti alkoi taas puhua puhelimeen. "Barry, soita tänne kahden minuutin kuluttua. Täällä on nyt tilanne päällä!" Hän pamautti luurin paikoilleen.

"Mitä on tapahtunut?" Jack tivasi ja ryntäsi alas portaita.

Äiti huokaisi teatraalisesti, aivan kuin hänellä olisi ollut kaikki maailman murheet niskassaan. Hänellä oli sellainen tapa. Jack tunsi oitis juuston tuoksun. **Haisevan juuston, sinisen juuston, valkoisen juuston, homeisen juuston, juustoisen juuston**. Äiti oli töissä supermarketin juustotiskillä, ja hänen mukanaan kulki aina juustoinen leyhähdys.

He seisoivat hallissa yöpuvuissaan, Jack raidallisessa pyjamassa, äiti vaaleanpunaisessa hörhelöyöpaidassa. Äidin tukka oli papiljoteilla, ja hänellä oli poskilla, otsalla ja nenällä paksut kasat kosteusvoidetta. Hän jätti papiljotit ja voiteen yleensä koko yöksi. Jack ei oikein tiennyt miksi. Äiti piti itseään aikamoisena kaunottarena ja sanoi usein olevansa "juuston elegantit kasvot", jos juustolla nyt voi sellaiset olla.

Äiti napsautti lampun päälle, ja he räpyttelivät hetken kirkkaassa valossa.

"Vaarisi on taas kadonnut!"

"Voi ei!"

"Voi kyllä!" Taas äiti huokaisi. Hän oli selvästi uupunut vaariin. Joskus hän saattoi jopa pyöritellä silmiään vaarin sotajutuille, aivan kuin ne olisivat pitkästyttäneet häntä. Se suututti Jackia. Vaarit tarinat olivat sata kertaa jännempiä kuin selostukset viikon myydyimmistä juustoista. "Meille soitettiin puolenyön maissa."

"Kuka soitti?"

"Vaarin alakerran naapuri, siis se kioskikaupan pitäjä..."

Edellisenä vuonna iso kotitalo oli käynyt vaarille hankalaksi, ja hän oli muuttanut pieneen asuntoon kaupan yläpuolelle. Eikä ihan minkä tahansa kaupan. Vaan kioskikaupan. Eikä ihan minkä tahansa kioskikaupan. Vaan Rajin kaupan.

"Ai Raj?" Jack kysyi.

"Joo, sehän sen nimi oli. Raj arveli kuulleensa, että vaarin ovi kävi joskus kahdentoista maissa. Raj koputti vaarin oveen, mutta kukaan ei tullut avaamaan. Kauhistui raukka pahan kerran ja soitti tänne."

"Missä isä on?"

"Hyppäsi autoon ja on nyt pari tuntia ajellut etsimässä vaaria."

"Pari tuntia?" Jack ei voinut uskoa korviaan. "Miksi ette herättäneet minua?"

TAAS äiti huokaisi. Tämä oli näköjään oikea huokausten yö. "Me isäsi kanssa tiedetään, että olet kovin kiintynyt vaariin, eikä me haluttu huolestuttaa sinua."

"No nyt olen huolestunut!" Jack vastasi. Suoraan sanoen vaari oli hänelle paljon läheisempi kuin muut perheenjäsenet, mukaan lukien äiti ja isä. Vaarin kanssa vietetyt hetken olivat kullanarvoisia.

"Kaikki tässä ovat huolissaan!" äiti vastasi.

"Minä olen tosi huolissani."

"Kaikki tässä ovat tosi huolissaan."

"No, minä olen tosi tosi huolissani."

"Kaikki tässä ovat tosi tosi huolissaan. Ei nyt kilpailla siitä, kuka on eniten huolissaan!" äiti huusi äkäisesti.

Jack huomasi, että äiti alkoi kiihtyä, ja päätti olla vastaamatta, vaikka hän olikin tosi tosi tosi huolissaan.

"Olen sanonut isällesi ainakin sata kertaa, että vaarin pitää mennä vanhainkotiin!"

"Ei ikinä!" Jack sanoi. Hän tunsi vaarin paremmin kuin kukaan. "Vaari inhoaisi sitä!"

Vaari – tai everstiluutnantti Bunting joka hän oli ollut sodan aikaan – oli niin ylpeä, ettei voisi viettää viimeisiä aikojaan muiden papparaisten ja mummujen joukossa ratkomassa ristisanatehtäviä ja neulomassa.

Äiti pudisti päätään ja huokaisi. "Jack, olet niin nuori ettet ymmärrä."

Kaikkien lasten tavoin Jack inhosi noita sanoja. Nyt ei kuitenkaan ollut oikea hetki väitellä. "Äiti kiltti. Lähdetään etsimään vaaria."

"Oletko sekaisin päästäsi? Ulkona on jäätävää!" äiti vastasi.

"Pakkohan meidän on tehdä edes jotain! Vaari on jossain tuolla eksyksissä!"

RING RING RING RING. Jack ryntäsi puhelimeen ja nosti luurin ennen kuin äiti ehti väliin. "Isä? Missä sinä olet? Torilla? Äiti sanoi juuri, että meidän pitää tulla auttamaan sinua vaarin etsimisessä", hän valehteli, ja äiti mulkaisi häntä äkäisesti. "Me tullaan niin pian kuin päästään."

Hän laski luurin ja otti äitiä kädestä.

"Vaari tarvitsee meitä..." hän sanoi.

Hän avasi oven, ja he juoksivat pimeyteen.

4

Käytetty kolmipyöräinen

Kaupunki tuntui yöllä aavemaisen vieraalta. Kaikkialla oli pimeää ja hiljaista. Oli keskitalven aika. Ilmassa leijui utua, maa oli rankkasateen jäljiltä märkä.

Isä oli ottanut auton, ja siksi Jack polki katua kolmipyöräisellä. Pyörä oli tarkoitettu pikkulapsille. Itse asiassa hän oli saanut sen käytettynä kolmivuotislahjaksi, ja se oli käynyt pieneksi jo aikoja sitten. Perheellä ei kuitenkaan ollut varaa uuteen pyörään, ja niinpä tämän piti kelvata.

Äiti seisoi pyörän perässä ja piti kiinni Jackin olkapäistä. Jack tiesi, että jos joku koulukaveri näkisi hänet kyyditsemässä äitiään kolmipyöräisellä, hän joutuisi muuttamaan ikuisiksi ajoiksi kaukaiseen pimeään luolaan.

Vaarin sotilasmusiikki soi Jackin päässä, kun hän polki eteenpäin niin kovaa kuin pystyi. Pikkulapsen ajoneuvoksi pyörä oli petollisen raskas kapistus, varsinkin kun

äiti seisoi takana hörhelöisen vaaleanpunaisen yöpaidan hulmutessa.

Pyörien pyöriessä pyörivät myös Jackin ajatukset. Vaari oli läheisempi hänelle kuin kenellekään toiselle, eli pakkohan juuri hänen olisi keksiä, missä vaari oli.

He eivät kohdanneet yhtäkään ihmistä ennen kuin tulivat torille. Siellä heitä odotti surkea näky.

Pyjamaan ja aamutakkiin sonnustautunut isä istui kumarassa perheen pienen ruskean auton ratin takana. Jo kaukaa näki, että hän oli lopen uupunut näihin tilanteisiin. Viime kuukausina vaari oli kadonnut asunnostaan jo seitsemän kertaa.

Kuullessaan kolmipyöräisen tulon isä oikaisi selkänsä. Hän oli laiha ja kalpea. Hänellä oli silmälasit, ja hän

näytti ikäistään vanhemmalta. Jack mietti usein, oliko isä-
parka vanhentunut ennen aikojaan siksi, että oli naimi-
sissa äidin kanssa.

Isä pyyhkäisi silmiään aamutakin hihaan. Hän oli sel-
västi itkenyt. Hän oli kirjanpitäjä, vietti kaiket päivät pit-
kien tylsien laskutoimitusten parissa eikä oikein osannut
ilmaista tunteitaan. Hän vain piti ne sisällään. Jack kyllä
tiesi, että isä rakasti kovasti omaa isäänsä, vaikka he olivat-
kin aivan erilaisia. Tuntui siltä kuin seikkailunnälkä oli-
si hypännyt yhden sukupolven yli. Vaarin pää oli pilvissä,
kun taas hänen poikansa pää oli hautautunut numeroihin.

"Isä, oletko kunnossa?" Jack kysyi polkemisesta hengästyneenä.

Kun isä kiersi ikkunan auki vastatakseen, sen kahva jäi hänen käteensä. Auto oli ikivanha ja ruosteinen, ja siitä irtoili jatkuvasti osia.

"Joo, joo, kunnossa ollaan", isä valehteli ja piteli kahvaa korkealla tietämättä oikein, mitä sillä tekisi.

"Eikö isääsi sitten ole näkynyt?" äiti kysyi, vaikka tiesikin vastauksen.

"Ei", isä vastasi hiljaa. Hän kääntyi poispäin ja katsoi suoraan eteensä, etteivät toiset näkisi, miten peloissaan hän oli. "Olen kolunnut kaupunkia pari tuntia."

"Katsoitko puistosta?" Jack kysyi.

"Katsoin", isä vastasi.

"Rautatieasemalta?"

"Katsoin. Se oli jo kiinni, mutta ulkopuolella ei näkynyt ketään."

Yhtäkkiä Jack sai aatteen ja töksäytti nopeasti: "Sotamuistomerkiltä?"

Isä käänsi taas katseensa häneen ja pudisti apeana päätään. "Sieltä minä katsoin ensimmäisenä."

"Se siitä sitten!" äiti ilmoitti. "Soitetaan poliisille. Ne voivat valvoa koko yön etsimässä. Minä menen takaisin nukkumaan! Huomenna on juustotiskillä iso myyntitempaus, ja minun on oltava parhaimmillani!"

"**Ei!**" Jack sanoi. Koska hän oli kuunnellut salaa vanhempiensa juttuja vaarista, hän arvasi, että tästä voisi koitua isoja harmeja. Jos poliisit sotkeutuisivat asiaan, he alkaisivat esittää kysymyksiä. Sitten pitäisi täyttää lomakkeita. Vaarista tulisi "ongelma". Hän joutuisi lääkärien tutkittavaksi ja tökittäväksi, ja hänet passitettaisiin varmaan saman tien vanhainkotiin vaivojensa takia. Vapauteen ja seikkailuihin tottunut vaari tuntisi olevansa siellä kuin vankilassa. Heidän oli aivan pakko löytää hänet.

"Ylös, ylös korkeuksiin..." Jack mumisi.

"Mitä sanoit?" isä kysyi kummissaan.

"Sillä tavalla vaari aina sanoo minulle, kun me leikitään lentäjää sen luona. Kun me noustaan ilmaan, se sanoo aina että ylös, ylös korkeuksiin."

"Mitä siitä?" äiti tivasi. Hän pyöräytti silmiään ja huokaisi yhtä aikaa. Kaikki kerralla.

"No se vain", Jack vastasi, "että siellä vaari varmaan on. Jossain korkealla."

Hän mietti pitkään ja hartaasti, mikä oli kaupungin korkein rakennus. Hetken kuluttua hänelle valkeni. **"Tulkaa perässä!"** hän huusi ja ampaisi tiehensä polkien hurjaa vauhtia.

5

Kuuhullu

Kaupungin korkein kohta oli itse asiassa kirkontorni. Se oli paikallinen maamerkki, joka näkyi matkojen päähän. Jackilla oli aavistus, että vaari oli saattanut yrittää torniin. Edellisillä katoamiskerroilla vaari oli yleensä löytynyt jostain korkealta, kiipeilytelineen päältä, tikkailta, kerran jopa kaksikerroksisen bussin katolta. Tuntui kuin hän olisi halunnut koskettaa taivasta niin kuin silloin vuosia sitten ollessaan kuninkaallisten ilmavoimien lentäjä.

Kun kirkko tuli näkyviin, sen tornin huipulla erottui selvästi miehen hahmo. Hän piirtyi terävänä matalalla kellottavaa hopeista kuuta vasten.

Heti hahmon nähdessään Jack arvasi, mitä vaari oli tekemässä. Hän lensi Spitfire-hävittäjää.

Korkean tornin juurella seisoi lyhyt kirkkoherra.

Pastori Hoggilla oli kalju, jota hän oli yrittänyt peitellä kampaamalla sivuhiukset sen yli. Nuo viimeiset hapsensa hän oli värjännyt lähes sinertävän mustiksi. Hänen silmänsä olivat pienet kuin pennyn kolikot, ja ne olivat piilossa mustasankaisten lasien takana. Lasit nököttivät siankärsää muistuttavalla nenällä, joka sojotti aina kohti taivasta, jotta hän pääsi katsomaan ihmisiä alaspäin.

Jackin perhe ei käynyt usein kirkossa, ja siksi Jack oli nähnyt pastoria vain joskus kaupungilla. Kerran pappi oli ollut rahtaamassa laatikollista kalliin näköisiä shamppanjapulloja viinikaupasta. Toisen kerran pastori Hoggin näköinen mies oli viilettänyt ohi upouudella Lotus Esprit -urheiluautolla iso paksu sikari suussa. *Eikö kirkkoherrojen pitäisi auttaa köyhiä*, Jack oli ihmetellyt, *eikä törsätä rahaa itseensä?*

Koska oli yö, pastori Hogg oli yöasussaan. Hänen pyjamansa ja aamutakkinsa olivat hienointa silkkiä, ja hänellä oli punaiset samettitohvelit, joihin oli kirjailtu kirjaimet EK (Englannin kirkko). Hänellä oli ranteessa paksu, timantein koristettu kultakello. Hän oli selvästi mies, joka nautti ylellisestä elämästä.

"ALAS SIELTÄ!" pastori Hogg

karjui vaarille juuri kun perhe rynnisti hautausmaan poikki.

"SE ON MINUN VAARINI!"

huusi Jack, joka puuskutti poljettuaan hurjasti kolmipyöräisellään. Pastori Hogg lemusi sikareilta, ja Jackille tuli heti vähän kuvottava olo, sillä hän inhosi niiden hajua.

"Mitä ihmettä hän tekee MINUN kirkkoni katolla?"

"Pyydän anteeksi!" isä huusi. "Hän on isäni. Hänen ajatuksensa harhailevat..."

"Sitten hänen pitäisi olla lukkojen takana! Hänen takiaan MINUN katoltani on jo irronnut laatanpala!"

Hautakivien takaa ilmestyi joukko hurjan näköisiä miehiä. Kaikilla oli kaljuksi ajeltu pää ja tatuointeja, ja kaikilta puuttui hampaita. Haalareista ja lapioista saattoi päätellä, että he olivat haudankaivajia. Tuntui kyllä vähän oudolta, että he kaivoivat hautoja keskellä yötä.

Yksi haudankaivajista ojensi papille taskulampun, ja pappi osoitti sillä vaaria suoraan silmiin.

"ALAS SIELTÄ HETI PAIKALLA!"

Vieläkään vaari ei vastannut. Hän oli tapansa mukaan omissa maailmoissaan.

"Peräsin vakaa. Suora kurssi, loppu?" hän sanoi. Näköjään hän tosiaankin uskoi olevansa taivaan korkeuksissa ohjaamassa armasta Spitfire-konettaan.

"Everstiluutnantti tukikohtaan, loppu?" hän jatkoi.

"Mitä se selittää?" pastori Hogg kysyi ja mutisi sitten hiljaa: "Ukkohan on hullu."

Nyt puheeseen puuttui yksi haudankaivajista, iso, järeä ja kalju mies, jolla

oli kaulassa hämähäkin-
verkkotatuointi. "Pasto-
ri, haenko ilmakiväärin?
Pari laukausta, niin ukko
pelästyy ja tulee kipin-
kapin alas."

Toiset haudankaivajat
tirskuivat.

Ilmakiväärin! Jackin
piti keksiä nopeasti jotain,
jotta vaari saataisiin tur-
vallisesti maan kamaral-
le. "Ei! Antakaa minun
yrittää!" Hän oli saanut
idean. "Tukikohta kut-
suu, loppu?" hän huusi.

Kaikki aikuiset tui-
jottivat häntä epäuskoi-
sina.

"Everstiluutnantti
Bunting tässä, hyvin

kuuluu", vaari vastasi. "Tämänhetkinen lentokorkeus kaksituhatta jalkaa, maanopeus kolmesataakaksikymmentä mailia tunnissa. Olen partioinut koko yön, viholliskoneita ei näy, loppu."

"Tehtävä suoritettu, herra everstiluutnantti, takaisin tukikohtaan, loppu", Jack sanoi.

"Kuitti!"

Yleisö seurasi ällistyneenä, kun vaari – joka edelleen nökötti tornissa – suoritti kuvitteellisen laskeutumisen. Vaari uskoi istuvansa hävittäjän ohjaimissa ja oli jopa sammuttavinaan moottorin. Sitten hän avasi näkymättömän kattoluukun ja kiipesi ulos.

Isä sulki silmänsä. Hän pelkäsi, että vaari putoaisi, eikä pystynyt katsomaan. Jackin silmät olivat kauhusta ammollaan. Hän ei uskaltanut edes räpäyttää niitä.

Vaari laskeutui tornista katolle. Hän seisoi hetken kapealla harjalla ja lähti sitten kävelemään sitä pitkin vailla huolen häivää. Mutta katossa oli kolo siinä, mistä laatanpala oli irronnut hänen tullessaan, ja niinpä vain parin askelen jälkeen...

...vaari lensi halki ilman.

"Eiii!" Jack huusi.

"ISÄ!" isä huusi.

"ARGH!" äiti huusi. Kirkkoherra ja haudankaivajat tarkkailivat tilannetta kalmaisen kiinnostuksen vallassa.

Vaari liukui kattoa pitkin niin että kirkkoherran armaita lyijylaattoja irtoili vielä lisää.

TÄRSKIS! TÄRSKIS!

Laattojen räiskähdellessä maahan vaari humpsahti reunan yli.

HUMPSIS!

Viime hetkellä vaari nappasi rauhallisesti kiinni räystäästä ja pysähtyi. Hänen laihat kinttunsa heiluivat

yöilmassa, tohvelit tömähtelivät kirkon lasimaalausikkunaan.

"Varovasti MINUN ikkunani kanssa!" kirkkoherra huusi.

"Isä, pidä kiinni!" Jackin isä huusi.

"Sanoinhan, että olisi pitänyt soittaa poliisille", äiti sanoi tarpeettomasti.

"Minulla on kastetilaisuus kirkossa heti aamusta!" pastori Hogg huusi. "Ei meillä ole koko aamua aikaa putsata teidän isoisänne jäännöksiä maasta!"

"Isä? ISÄ?" Jackin isä huusi.

Jack mietti hetken. Jos hän ei toimisi nopeasti, hänen poloinen vaarinsa suistuisi varmasti surman suuhun.

"Ei se vastaa, jos sitä kutsutaan noin", hän sanoi. "Antakaa kun minä." Taas kerran Jack korotti äänensä. "Everstiluutnantti? Majuri täällä!"

"Kas, siellähän sinä olet, kuomaseni!" vaari huusi räystään alta. Jackin leikkinimi oli muuttunut hänelle todellisuudeksi. Vaari uskoi, että poika oli hänen taistelutoverinsa.

"Siirry koneen siipeä pitkin oikealle", Jack huusi.

Vaari oli hetken hiljaa, mutta vastasi sitten: "Kuitti." Hetken kuluttua hän alkoi hilautua käsiään siirrellen räystäskourua pitkin.

Jackin käyttämä keino oli hyvin yllättävä. Mutta se

tepsi. Jos halusi saada vaarin ymmärtämään, piti astua hänen maailmaansa.

Jack huomasi rännin, joka kulki kirkon seinää alas. "No niin, everstiluutnantti, näetkö tuon paalun oikealla puolellasi?" hän kysyi.

"Näen, majuri."

"Tartu siihen tiukasti ja liu'u sitä pitkin alas."

Sekä äiti että isä haukkoivat henkeä ja peittivät suunsa, kun vaari heilautti itsensä akrobaatin lailla räystäältä rännille. Hän puristi ränniä tiukasti, ja hetkeksi kaikki pysähtyi. Hänen painonsa taisi sittenkin olla rännille liikaa. Yhtäkkiä se irtosi seinästä ja alkoi taipua alaspäin.

KRIIKS, ränni sanoi.

Oliko Jack tehnyt tyhmästi? Oliko hän saanut rakkaan vaarinsa suistumaan päistikkaa maahan?

"EIIIIIII!" hän huusi.

6

Karannut puskutraktori

Onneksi kirkon ränni ei katkennut vaan taipui vain hitaasti vanhuksen painon alla.

Lopulta vaari saapui turvallisesti maankamaralle.

Heti laskettuaan tohvelinsa hautausmaan märälle nurmelle hän marssi yleisönsä eteen ja teki kunniaa.

"Lepo, miehet."

Äiti näytti sangen loukkaantuneelta.

"Everstiluutnantti?" Jack sanoi. "Saanko saattaa sinut autolle? Me kyyditään sinut takaisin kasarmille."

"Mainiosti toimittu, kuomaseni", vaari sanoi.

Jack otti häntä käsipuolesta ja johdatti hänet perheen ruosteiselle autolle. Hän avasi oven, ja kahva jäi hänen käteensä. Hän asetteli vaarin turvallisesti takaistuimelle ja sulki oven, ettei vanhukselle tulisi kylmä talviyössä.

Juostessaan takaisin hautausmaan poikki Jack kuuli pastori Hoggin sanovan äidille ja isälle: "Miekkosella ei ole kaikki kotona! Hänet täytyy panna telkien taa..."

Jack puuttui puheeseen. "Vaari on ihan kunnossa!"

Kirkkoherra katsoi häntä ja hymyili paljastaen hampaansa kuin puremiseen valmistautuva hai. Papin mieleen näytti juolahtavan jotakin. Hän muutti tykkänään sävyä. "Herra ja rouva...?" hän aloitti ja kuulosti yhtäkkiä ystävälliseltä ja huolehtivalta.

"Bunting", äiti ja isä vastasivat yhteen ääneen.

"Herra ja rouva Bunting, monien pappisvuosieni aikana olen onnistunut tuomaan lohtua seurakuntani senioreille, ja auttaisin mielihyvin teidänkin iäkästä sukulaistanne."

"Ai niinkö?" äiti sanoi, sillä liukas ketku oli hurmannut hänet oitis.

"Kyllä vain. Itse asiassa satun tietämään aivan valloittavan paikan, johon hänet on mahdollista lähettää. Se avattiin vastikään sen jälkeen, kun edellinen vanhainkoti jäi AIVAN VAHINGOSSA karkuun päässeen puskutraktorin alle ja tuhoutui."

Jack näki silmänurkasta, että haudankaivajat virnuilivat toisilleen. Tuntui, että jokin oli nyt pielessä, mutta hän ei oikein ymmärtänyt mikä.

"Joo, siitä olikin juttua paikallislehdessä", isä sanoi. "Karannut puskutraktori? Kuka olisi uskonut?"

"Tutkimattomat ovat Herran tiet", pastori Hogg vastasi.

"Kuulkaas, kirkkoherra", äiti sanoi. "Tuota minä olen tolkuttanut tolkuttamasta päästyäni näille kahdelle. Ja juustotiskin Jill on ihan samaa mieltä."

"Työskentelette siis juustotiskillä?" pastori Hogg sanoi. "Olinkin haistavinani sinihomeen."

"Kyllä vain!" äiti vastasi. "Meiltä saa mainiota sinihomejuustoa. Herkullinen aromi, eikö? Kuin hajuvesi."

Isä pyöräytti silmiään.

"No niin, Jill on samaa mieltä", äiti jatkoi. "Vanhainkoti olisi vaarille paras paikka."

Jack katsoi isää ja pudisteli kiivaasti päätään, mutta isä ei ollut huomaavinaan.

"Onko se mukava vanhainkoti?" isä kysyi.

"Enhän toki suosittelisi sitä, ellei olisi", pastori hyrisi. "Se on enemmän kuin mukava. Vähän niin kuin vanhan väen Disneyland. Ainoa pulma on, että se on kovin suosittu..."

"On vai?" isä kysyi, sillä pappi oli saanut hänetkin pauloihinsa.

"Kyllä, sieltä on erittäin vaikea saada paikkaa", pastori Hogg sanoi.

"Sittenhän asia on ratkaistu", Jack sanoi. "Vaari ei edes pääsisi sisään."

Kirkkoherra jatkoi samaan hengenvetoon: "Onneksi tunnen sangen hyvin ylihoitajan, joka paikkaa johtaa. Ihastuttava nainen, jonka nimi on neiti Swine, ja vieläpä viehättävän näköinenkin, kuten varmaan itsekin toteatte, kun tapaatte hänet. Jos haluatte, voin toki kysyä häneltä, josko vanha vaarikulta saisi vähän etuilla jonossa."

"Oikein ystävällistä", äiti sanoi.

"Mikä sen paikan nimi on?" isä kysyi.

"**Illankajon linna**", pastori Hogg vastasi. "Se ei ole kaukana. Nummen laidalla. Voin soittaa neiti Swinelle vaikka heti ja pyytää yhtä pojista kuskaamaan vanhuksenne sinne jo tänä yönä, jos se olisi teille mieleen...?" Kirkkoherra osoitti jykeviä haudankaivajiaan.

"Säästyttäisiin kyllä vaivalta", äiti sanoi.

"**EI!**" Jack huusi.

Isä yritti löytää keskitien, joka sopisi koko perheelle. "Kiitos oikein paljon, meidän pitää vielä harkita."

"Ei pidä!" Jack vastusti. "Vaari ei ikinä mene vanhainkotiin! **EI IKINÄ!**"

Isä alkoi hoputtaa vaimoaan ja poikaansa kohti autoa, jossa vaari oli odottanut kärsivällisesti.

Jack jäi vähän jälkeen, ja kun vanhemmat olivat kuulomatkan ulkopuolella, kirkkoherra kääntyi ja sähähti hänelle: "Sehän nähdään, nuori mies..."

7

Vanhan väen Disneyland

Kun he pääsivät kotiin, aamu jo melkein sarasti. Jack sai vanhempansa uskomaan, ettei vaarin kannattanut mennä yksin kotiin vaan tulla heille loppuyöksi.

Jack ilmaisi asian niin, että arveli vaarinkin ymmärtävän. "Koska vihollinen on suorittanut tiedusteluja alueella, kenraali on määrännyt sinut vaihtamaan kasarmia."

Pian vaari jo nukkui sikeästi Jackin alasängyssä ja kuorsasi täysin palkein isänmaan puolesta.

ZZzz! ZZZZ!
ZZzz! ZZZZzz!

Vaarin viiksenkärjet löyhähtelivät ylös alas jokaisen hengenvedon myötä.

Jack ei saanut unta,

sydän hakkasi vieläkin yön seikkailujen jäljiltä, ja hän liukui ääneti yläsängystään. Alakerrasta kantautui taas kerran vaimeita ääniä, ja hän halusi kuulla mitä vanhemmat puhuivat. Hän avasi oven taitavasti, päästämättä ääntäkään. Sitten hän istui matolle portaiden yläpäähän ja painoi toisen korvansa porraskaiteen pienojen väliin.

"Kirkkoherra oli oikeassa", äiti sanoi. "Vanhainkoti olisi vaarille paras paikka."

"En oikein tiedä", isä väitti vastaan. "Ei isä siellä viihtyisi."

"Kuuntelitko ollenkaan sen mukavan papin puheita? Sitä mitä se kertoi **Illankajon linnasta?**"

"Että se on kuin vanhan väen Disneyland."

"Juuri niin! Tuskinpa siellä vuoristorataa tai tukkijokea tai jättimäisiksi hiiriksi pukeutunutta henkilökuntaa on, mutta kuulostaa kyllä ihastuttavalta paikalta."

"Mutta –"

"Pastori on kirkonmies! Hän ei valehtele!" äiti kivahti.

"Ehkä siellä tosiaan on sellaista kuin pappi sanoi. Mutta isä on aina ollut vapaa sielu."

"Aivan!" äiti vastasi voitonriemuisella äänellä. "Juuri sellainen vapaa sielu, että löytyy keskellä yötä kirkon katolta!"

Hetkeksi tuli hiljaista. Siihen isä ei oikein voinut sanoa mitään.

"Kuule Barry, mitä muutakaan tässä voi tehdä?" äiti jatkoi. "Isäsi on vaaraksi itselleen. Melkein putosi katolta ja kuoli!"

"Tiedetään, tiedetään..." isä mutisi.

"No?"

"Ehkä niin on paras."

"Asia on sitten päätetty. Voidaan viedä vaari **Illan-kajon linnaan** heti huomenna."

Jack kuunteli ylimmältä portaalta, ja hänen silmästään tipahti kyynel, joka vieri hitaasti poskea alas.

8

Suu puhtaaksi!

Seuraavana aamuna aamiaispöydässä vaari käyttäytyi tapansa mukaan kuin mitään kummempaa ei olisi sattunut. Hän pisteli tyytyväisenä suuhunsa paistettuja munia ja pekonia eikä selvästi muistanut yhtikäs mitään yön hurjista tapahtumista.

"Lisää leipää! Pian nyt, köksä, hop hop!" hän komensi.

Äidistä ei tuntunut kivalta, että häntä kohdeltiin kuin jonkin sortin palvelijaa. Entisaikaan oli armeijassa käytetty keittäjästä nimitystä köksä. Äiti katsoi isää, jotta tämä tekisi jotain, mutta isä oli lukevinaan lehteä.

Pöytään läiskähti kaksi valkoista leipäviipaletta, ja hetken kuluttua vaari alkoi pyyhkiä niillä rasvaa lautaseltaan.

Leipää ahmiessaan hän ilmoitti: "Köksä, seuraavalla kerralla leivän pitää olla pannulla paistettua!"

"Vai sillä lailla?" äiti vastasi ivallisesti.

Jackia hymyilytti, mutta hän yritti olla näyttämättä sitä.

Vaari ryysti teetä ja sanoi perään: "Kippis ja kulaus!" Niin hän sanoi aina juodessaan jotain.

"Äiti, isä, olen vähän miettinyt", Jack ilmoitti. "Valvoin niin myöhään, ettei minun varmaan kannata mennä kouluun."

"Mitä?" äiti sanoi.

"Niin, voisin jäädä kotiin huolehtimaan vaarista. Itse asiassa minun kannattaisi varmaan ottaa koko viikko vapaaksi!"

Jack ei tykännyt koulusta. Hän oli juuri täyttänyt kaksitoista ja joutunut isoon yläkouluun. Hän ei ollut oikein vielä löytänyt ystäviä sieltä. Kaikki muut tuntuivat olevan kiinnostuneita vain uusista pop-tähdistä tai hölmöistä muotikapineista. Koska oli vuosi 1983, luokka-kaverit näpelöivät tunneilla pulpettiensa alla Rubikin kuutioita. Jack ei ollut tavannut vielä ketään, joka olisi rakastanut lentokoneiden pienoismalleja. Ensimmäisenä koulupäivänä isommat pojat olivat nauraneet, kun hän oli vain maininnutkin ne. Niinpä Jack oli oppinut pitämään suunsa kiinni.

"Kyllä sinä menet tänään kouluun, nuori mies!" Äiti sanoi häntä aina nuoreksi mieheksi, kun hän oli tehnyt jotain väärin. "Barry, sano sille!"

Isä nosti katseensa sanomalehdestä. "Viime yönä meni kyllä aika myöhään..."

"BARRY!"

Isä katui heti, että oli väittänyt vastaan, ja teki pikaisen täyskäännöksen. "...mutta tietenkin sinun pitää mennä kouluun. Ja tulevaisuudessa muistat sitten tehdä täsmälleen niin kuin äiti sanoo." Hän lisäsi vähän alakuloisesti: "Niin minäkin teen."

Seuraavaksi äiti tökkäsi isää olkapäähän enemmän kuin vihjailevasti. Hän halusi selvästi, että isä ilmoittaisi vaaria koskevat isot uutiset. Kun isä ei toiminut välittömästi, äiti tökkäsi häntä uudelleen. Tällä kertaa isältä pääsi: "Au!"

"Bar-ry..." äiti yllytti. Aina kun äiti halusi isän teke-vän jotakin, hän lausui tämän nimen oudosti venyttäen.

Isä laski lehden pöydälle ja laskosti sen hitaasti lykä-täkseen asiaa mahdollisimman pitkään. Hän katsoi suo-raan omaa isäänsä.

Jack pelkäsi pahinta.

Nytkö isä sitten aikoi kertoa vaarille lähdöstä

Illankajon linnaan?

"Kuule isä. Tiedäthän, että me rakastamme sinua hyvin paljon ja haluamme vain sinun parastasi..."

Vaari ryysti teetään äänekkäästi. Hänen katseensa ei värähtänytkään, joten oli vaikea sanoa, oliko hän kuullut mitään poikansa puheesta. Isä aloitti uudelleen, tällä ker-taa hitaammin ja kovemmalla äänellä. "Kuun-te-let-ko... si-nä... mi-nua?"

"Suu puhtaaksi, upseerikokelas!" vaari vastasi. Jack virnuili. Hänestä oli hauskaa, että vaari oli antanut isälle paljon alhaisemman sotilasarvon kuin hänelle itselleen. Itse asiassa kaikkein alhaisimman.

Kuninkaallisten ilmavoimien sotilasarvot menevät näin:

Upseerikokelas (alhaisista alhaisin)

Vänrikkikokelas (ei ihan alhaisista alhaisin)

Vänrikki (nyt päästään jo johonkin)

Luutnantti (vielä on varaa parantaa)

Kapteeni (ei hullumpaa)

Majuri (vielä parempaa)

Everstiluutnantti (entistäkin parempaa)

Eversti (oho, sinulla menee lujaa)

Prikaatikenraali (kappas)

Kenraalimajuri (äiti mahtaa olla ylpeä)

Kenraaliluutnantti (oooh!)

Kenraali (melkein huipulla, kultaseni)

Kuninkaallisten ilmavoimien kenraali

(iso kiho)

Isä (siis "upseerikokelas Bunting" niin kuin vaari sanoi) veti syvään henkeä ja aloitti alusta. "Niin, me rakastamme sinua hyvin paljon, ja meidän mielestä, tai no... oikeastaan tämä oli... köksän..."

Äiti rypisti hänelle kulmiaan.

"...siis Barbaran idea. Mutta viime yön jälkeen me ollaan tästä yksimielisiä. Ajateltiin, että olisi parasta, jos menisit..."

Jackin oli sanottava jotakin, ihan mitä tahansa. Hänen oli pakko ostaa vaarille aikaa. Ennen kuin isä ehti puhua loppuun, Jack tokaisi. "...minun kanssani kouluun tänään!"

9

Väriliituja

Jack oli kampanjoinut koko lukukauden, että historian-
opettaja, neiti Verity, antaisi vaarin tulla vieraaksi tun-
nille. Uudessa koulussa oli alettu käydä läpi toista maail-
mansotaa. Eikö paras opettaja ollut sellainen, joka oli itse
ollut siinä mukana? Samalla kaikki koulukaverit pääsisi-
vät näkemään, miten mahtava tyyppi vaari oli. Ehkei sen
jälkeen olisikaan enää niin säälittävää, että omisti lento-
koneiden pienoismalli -kokoelman!

Neiti Verity oli pitkä ja laiha nainen, joka käytti nilk-
koihin asti yltäviä hameita ja kaulaan asti napitettuja röy-
helöpaitoja. Hänellä oli hopeaketjusta riippuvat silmälasit.
Hän oli niitä opettajia, jotka jollain ilveellä onnistuvat
tekemään jännistäkin aiheista tappavan tylsiä. Historian
pitäisi olla hauskaa, sehän vilisee sankareita ja konnia, jot-
ka ovat muovanneet maailman kohtaloita. Verenhimoisia

kuninkaita ja kuningattaria. Uljaita taisteluita. Hirvittäviä kidutuskeinoja.

Ikävä kyllä neiti Verityn opetusmetodit olivat unettavia. Hän vain kirjoitti taululle nimiä ja päivämääriä armailla värillisillä taululiiduillaan. Sitten oppilaiden piti jäljentää ne vihkoihinsa. **"Faktoja! Faktoja! Faktoja!"** hän lausui kirjoittaessaan. Hän ei piitannut mistään muusta kuin faktoista. Yhdellä historiantunnilla kaikki pojat olivat ovelina kiivenneet ikkunasta pihalle pelaamaan jalkapalloa. Neiti Verity ei edes huomannut, että he olivat poissa, sillä hän ei ikinä kääntynyt liitutaululta katsomaan oppilaita.

Ei ollut suinkaan ollut helppoa saada neiti Verity päästämään vaari luokkaan. Loppujen lopuksi Jack oli joutunut lahjomaan opettajan uusilla värillisillä taululiiduilla, jotka hän oli ostanut kioskikaupasta. Onneksi kauppias Raj oli myynyt "luksusliidut" kampanjatuotteena. Ne olivat tulleet vanhentuneen toffeerasian kylkiäisinä.

Oli hyvä, että historiaa oli päivän toisella tunnilla, sillä vaarin takia Jack myöhästyi koulusta aika lailla. Ensin vaari piti saada vakuuttumaan, että Jackin mainit-

sema koulu tarkoitti tietysti kuninkaallis-
ten ilmavoimien lentäjäkoulua eikä pelkkää
paikallista yläkoulua. Seuraavaksi "oikotie"
puiston kautta osoittautui pikemminkin
kiertotieksi. Vaari halusi välttämättä kii-
vetä kaikkein korkeimpien puiden latvaan
voidakseen tarkkailla "vihollisen koneita".
Laskeutuminen kesti huomattavasti kauem-
min kuin nousu, ja lopulta Jack joutui lai-
naamaan tikkaat lähellä työskentelevältä
ikkunanpesijältä saadakseen vaarin maan-
kamaralle.

Kun he viimein astuivat koulunportista
sisään, Jack katsoi ilmavoimien kelloaan ja

tajusi, että historiantunti oli alkanut kymmenen minuuttia sitten! Jos neiti Verity jotain inhosi, niin myöhästymistä. Kaikki kääntyivät tuijottamaan heitä, kun he astuivat luokkaan. Jack lehahti kirkkaanpunaiseksi noloudesta. Hänestä oli kamalaa olla huomion keskipisteenä.

"Poika, miksi olet myöhässä?" neiti Verity ärähti kääntettyään katseensa liitutaulusta.

Ennen kuin Jack ehti vastata, vaari astui sisään.

"Everstiluutnantti Bunting palveluksessanne, neiti", hän sanoi, teki kunniaa ja kumartui sitten suutelemaan opettajan kättä.

"Neiti Verity", neiti Verity vastasi tirskahtaen ja painoi hermostuneena käden suulleen. Vaarin ritarillisuus oli hänestä selvästi imartelevaa. Ehkei yksikään herrasmies ollut pitkään aikaan kohdellut häntä näin huomaavaisesti. Opettajan tirskahdus sai oppilaatkin tirskumaan. Neiti Verity loi heihin kuuluisan kuolemankatseensa saadakseen heidät hiljaisiksi. Hänen katseensa oli niin hyytävä, että se tepsi aina heti.

"Istukaa, olkaa hyvä, herra Bunting. En tiennytkään, että olette tulossa tänään!" Neiti Verity rypisti Jackille

kulmiaan. Jack hymyili ystävällisesti. "Mutta kun nyt olette täällä, otetaan tästä kaikki irti. Teidän on kai määrä kertoa meille elämästänne toisen maailmansodan taistelu-lentäjänä?"

"Kuitti!" vaari vastasi.

Opettaja alkoi tähystellä, näkyikö jossain asiaankuu-lumattomia kuitteja. "Mikä kuitti?"

"Se tarkoittaa joo", Jack huusi.

"Viittaa, jos sinulla on asiaa", opettaja kivahti ja kään-tyi taas vaarin puoleen. "Meillä on juuri nyt aiheena tais-telu Britanniasta. Voitteko kertoa omakohtaisia koke-muksia siitä?"

Vaari nyökkäsi ja kieputti uljaiden viiksiensä kärkiä. "Tottahan toki, hyvä neiti. Tuon taistelun ensimmäise-nä päivänä tiesimme kaikki, että vihollisella oli suuria suunni-telmia. Täydellinen tuho, sitä herra Hitler havitteli. Tutka huomasi val-tavan lentolaivueellisen Luft-waffen Junkerseja rannikon yllä.

Niitä vartioimassa oli Messerschmitt-hävittäjiä. Koneita oli niin paljon, että taivas pimeni."

Jack hymyili ylpeänä luokan peräosassa. Kaikki kuuntelivat vaarin tarinaa korvat höröllä. Sillä hetkellä Jack tunsi olevansa koko koulun siistein tyyppi.

"Aikaa ei ollut hukattavaksi. Vihollinen lähestyi nopeasti. Jos emme nousisi ilmaan välittömästi, meidät kukistettaisiin maankamaralla."

"Voi ei!" huudahti lumoutuneena kuunteleva tyttö eturivissä.

"Voi kyllä!" vaari jatkoi. "Koko lentokenttä olisi palanut poroksi. Minun lentolaivueeni oli noustava ilmaan ensimmäisenä, ja everstiluutnanttina johtaisin hyökkäystä. Parissa silmänräpäyksessä olimme liikkeellä. Ylös, ylös korkeuksiin. Kiihdytin Spitfire-koneeni vauhdin kolmeensataan mailiin tunnissa..."

"Vau!" sanoi luokan takaosassa istuva poika ja nosti katseensa jalkapallolehdestä. "Kolmesataa mailia tunnissa!"

"Kenraali otti minuun radiopuhelinyhteyden ja kertoi, että olisimme alakynnessä. Hän sanoi, että viholliskoneita oli neljä kertaa enemmän kuin meitä. Piti siis ajatella nopeasti. Meidän oli päästävä yllättämään. Määräsin laivueeni piiloutumaan pilvien yläpuolelle. Tarkoitus oli odottaa, kunnes vihollinen olisi niin lähellä, että haistaisimme sen, ja sitten:

HYÖKKÄYKSEEN!"

"Mikä päivämäärä oli kyseessä?" opettaja keskeytti. "Minun pitää kirjoittaa se taululle punaisella liidulla. Punainen liitu on varattu päivämäärille."

Neiti Veritylla oli käytössä tarkat värikoodit liitu-
taulullaan:

Punainen liitu - päivämäärät
Vihreä liitu - paikat
Sininen liitu - tapahtumat
Oranssi liitu - kuuluisat taistelut
Pinkki liitu - sitaatit
Violetti liitu - kuninkaat ja kuningattaret
Keltainen liitu - poliitikot
Valkoinen liitu - sotilasjohtajat
Musta liitu - ei erotu mustalla taululla.
          Käytettävä maltillisesti.

Vaari mietti hetken. Jackin mahaa käänsi. Hän tiesi,
etteivät päivämäärät olleet vaarin vahvuus.

Lopulta vaari kuitenkin vastasi itsevarmasti: "Heinä-
kuun kolmas kello yksitoista. Muistan sen hyvin!"

Opettaja kirjasi nämä **faktat faktat faktat** taululle niin että punainen liitu vain kirskui, ja vaari jatkoi.

"Odotin siis viime hetkeen. Heti kun näin ensimmäisen Messerschmittin ilmestyvän pilvien alta, annoin käskyn.

SYÖKSYYN!"

"Mikä vuosi oli kyseessä?"

"Anteeksi, neiti?"

"Mikä vuosi oli kyseessä?" neiti Verity intti.

Sitten kaikki meni pieleen. Vaarin ilme oli kummastunutta kummastuneempi.

10

Faktat faktat faktat

Jack ryntäsi luokan perukoilta vaarin avuksi. "Opettaja, ei ehkä kannata keskeyttää kysymyksillä..."

"Mutta tämä on historiantunti! Täällä pitää olla **faktoja! faktoja! faktoja!"** neiti Verity vastasi.

"Opettaja, annetaan everstiluutnantin kertoa tarinansa loppuun ja mietitään faktoja myöhemmin."

"Hyvä on", opettaja mutisi, tarttui punaiseen liituun ja asettui valmiuteen. "Jatkakaa, herra Bunting."

"Kiitos", vaari sanoi. "Missä olinkaan?"

Vaariparka oli selvästi menettänyt punaisen langan. Onneksi hänen pojanpoikansa tunsi tarinan läpikotaisin. Hän oli kuullut selotuksen tästä nimenomaisesta uroteosta jo satoja kertoja muttei ikinä kyllästynyt siihen. Jack yllytti vaaria: "Näit ensimmäisen Messerscmittin ja annoit käskyn –"

"SYÖKSYYN! Niin se meni! Heti kun Spitfire-laivueeni oli laskeutunut pilvien läpi, tajusimme, että tästä tulisi elämämme tärkein taistelu." Vaarin silmät syttyivät. Hän eli hetkeä uudelleen, aivan kuin kaikki olisi tapahtunut edellisenä päivänä. "Tutka oli arvioinut, että koneita oli kaikkineen sata. Pikemminkin kaksisataa! Sata Junkersia ja yhtä monta Messerschmittia. Meillä taas oli vain kaksikymmentäseitsemän Spitfirea."

Lapset kuuntelivat lumoutuneina. Neiti Verity raapusti taululle väriliidut viuhuen **faktoja faktoja faktoja,** esimerkiksi tiedot koneiden lukumäärästä. Heti kun hän oli saanut kaiken kirjoitettua, hän tarttui taas punaiseen liituun (joka oli varattu pelkästään päivämäärille) ja avasi suunsa kuin olisi aikonut puhua. Mutta hän ei ehtinyt sanoa sanaakaan, sillä koko luokka suhisi: **"HYS!"**

Vaari oli nyt vauhdissa. Hän oli saanut kaikki pauloihinsa. "Aloin tulittaa konekiväärillä, ja taistelu alkoi. Se oli yhtä aikaa jännittävää ja pelottavaa. Taivas täyttyi luodeista, savusta ja tulesta.

PAM!

Osuin ensimmäiseen Messerschmittiin. Sen lentäjä hyppäsi laskuvarjon varassa alas.

PAM!

Toinen osuma!

Tehtävämme oli sinä päivänä ampua alas Junkers-koneita. Ne olivat tappajia. Jokaisen pommikoneen kyydissä oli tonneittain räjähteitä. Jos emme pysäyttäisi niitä, pommit putoaisivat Lontooseen, lasten ja aikuisten niskaan. Tuntui kuin taistelu taivaalla olisi jatkunut tuntikausia. Sinä päivänä kuninkaalliset ilmavoimat ampuivat alas varmaankin viisikymmentä viholliskonetta", vaari kertoi. "Monet Luftwaffen koneista vahingoittuivat niin pahasti, että joutuivat mitä pikimmin vetäytymään takaisin Kanaalin yli. Minun lentolaivueeni miehet palasivat tukikohtaan sankareina."

Koko luokkaa puhkesi hurjiin suosionosoituksiin.

"HURRAA!"

11

Legenda

Kun suosionosoitukset vaimenivat, vaari jatkoi juttua:
"Juhlimiseen ei kuitenkaan ollut aikaa. Tiesimme että
vihollinen palaisi pian. Seuraavalla kerralla koneita oli-
si entistäkin enemmän. Taistelu Britanniasta oli alkanut
toden teolla. Mitä omaan laivueeseeni tulee, menetimme
tuona päivänä neljä rohkeaa lentäjää."

Vaarin silmissä kiilteli kyyneliä.

Koko luokka istui typertyneen hiljaisuuden vallassa.
Tällaisia pitäisi historiantuntien olla!

Jackin vieressä istuva poika kääntyi kuis-
kaamaan: "Vaarisi on legenda!"

"Niin on", Jack vastasi hymyillen.

"Kiitos paljon ajastanne, her-
ra Bunting", neiti Verity sanoi koval-
la äänellä ja särki lumouksen. "Tunti
lähenee loppuaan. Minulla on punainen

liituni tässä valmiina. Meidän on kirjattava ylös kaikki **faktat faktat faktat!** Voisitteko siis kertoa minä vuonna tämä kaikki tapahtui?"

"Minä vuonna?" vaari toisti.

"Niin. Minun on kirjoitettava tänne taululle vuosiluku. Oppilaani eivät ikimaailmassa läpäise kokeitaan ensi lukukaudella, elleivät he tiedä **faktoja, faktoja, faktoja!** Ja lisää **faktoja!"**

Vaari katsoi opettajaa kummissaan. "Se tapahtui tänä vuonna."

"Miten niin tänä vuonna?" opettaja kysyi.

"Tänä vuonna, neiti. Vuonna 1940."

Luokasta kuului epävarmaa naureskelua. Varmaan ukko vain vitsaili. Jack liikahti kiusaantuneena tuolillaan.

Neiti Verity loi luokkaan kuuluisan kuolemankatseensa, joka sai kaikki hiljenemään. "Luuletteko tosiaan, että nyt on vuosi 1940?"

"Tietysti nyt on vuosi 1940! Valtaistuimella istuu kuningas Yrjö VI. Herra Churchill on pääministeri."

"Ei ei ei, herra Bunting. Nyt on vuosi 1983!"

"Ei voi olla!"

"Juu juu juu. Valtaistuimella istuu kuningatar Elisabet II. Ja suurenmoinen rouva Thatcher on pääministeri."

Vaari ei näyttänyt ollenkaan vakuuttuneelta. Pikemminkin hän tuijotti opettajaa kuin täydellistä **SEKO-PÄÄTÄ!** "Rouva? Vai muka nainen pääministerinä? Onko teillä ruuvi löysällä, hyvä neiti?"

"Teillä tässä taitaa olla ruuvi löysällä! No, kiitos vain kovasti tästä valaisevasta vierailusta", opettaja sanoi ivallisesti. "Ja hyvästi." Hän hoputti vaarin tuolista kuin olisi hätistellyt ulos pulua. Hän supisi hiljaa luokalle: "Turha kirjoittaa ukon juttuja muistiin! Hän ei tiedä edes, mikä vuosi nyt on, ja kulkee tohveleissa!"

Vaariparka seisoi luokan edessä. Äsken hän oli liidellyt taivaalla, mutta nyt hän näytti siltä kuin olisi rysähtänyt maanpinnalle. Jackin sydäntä kivisti.

Kello soi juuri oikealla hetkellä. Jack ei ollut ikinä ollut näin helpottunut tunnin loppumisesta.

Hän tunki ohi ulos ryntäävien oppilaiden päästäkseen vaarin luo. Ensin tunti oli ollut kaikkien aikojen paras, nyt se olikin kaikkien aikojen kamalin.

Juuri kun Jack pääsi vaarin luo, neiti Verity kutsui hänet takaisin. "Jack! Minulla olisi vähän asiaa."

"Hetkinen vain, herra everstiluutnantti", Jack sanoi vaarille ja laahusti opettajan luo.

"Lupaa, ettet enää koskaan tuo isoisääsi minun luokkaani", opettaja sähisi.

"Lupaan!" Jack sanoi vihaisesti. "En ikimaailmassa tuo vaaria tänne takaisin."

Hän käännähti ja otti vaaria kädestä. Vaarin vanha iho oli melkein kuin lapsella. Pehmeä ja siloinen.

"Tule, everstiluutnantti. Palataan tukikohtaan."

"En... en ymmärrä", vaari mutisi. "Eikö ohjeistus ollut selvä? Tuotinko pettymyksen?"

Jackia itketti, kun hän näki vaarin tällaisena. Mutta hän halusi olla vaarin tukena. "Ei, et tuottanut, everstiluutnantti. Et ole koskaan tuottanut etkä koskaan tuota."

12

Lintsarit

Jack ei ollut ikinä elämässään lintsannut. Hänen olisi kuitenkin pakko huolehtia, että vaari pääsisi turvallisesti kotiin. Vaarin pää oli paljon pahemmin sekaisin kuin yleensä. Neiti Verity oli vienyt hänestä kaiken puhdin, ja nyt vaari näytti hieman huteralta.

Äidille ja isälle Jack ei halunnut missään nimessä soittaa. Jos he saisivat selville, miten onnettomasti vaarin kouluvierailu oli päättynyt, he varmaan päättäisivät passittaa hänet **Illankajon linnaan** saman tien. Niinpä Jack ja vaari menivät vaarille.

Heidän tullessaan Raj puuhaili kauppansa likaisessa näyteikkunassa. Hän oli keskittynyt tuomaan esiin taiteellista puoltaan. Hän sommitteli hämmentävää asetelmaa päivän erikoistarjouksista, lakritsista ja futiskorteista. Lakritsinarut oli kääritty korttien ympärille niin, että

molemmat tuotteet näyttivät erittäin luotaantyöntäviltä.
Huomatessaan Jackin ja vaarin Raj ryntäsi ulos terveh-
timään.

"Ah! Herra Bumting! Nuoriherra Bumting!"

"Se on Bunting!" Jack oikaisi.

"Niinhän minä sanoin!" Raj vastusteli. "Bumting!" Kaikkien lähiseudun lasten tavoin myös Jack piti Rajista kovasti. Raj sai kaikki aina hymyilemään.

"No niin, herra Bumting, mitä lempiasiakkaalleni kuuluu tänään? Olin hirvittävän huolissani, kun katosit kotoa keskellä yötä!"

"Ahaa, char wallah! Siinähän sinä olet!" vaari huudahti.

"Char wallah? Mitä ihmettä se tarkoittaa?" Jack kysyi. Hän ei ollut koskaan kuullutkaan mokomasta.

Raj kuiskasi hänelle: "Kysyin isältä Intiasta. Se sanoi, että char wallah on nimitys intialaiselle miehelle, joka tarjoilee teetä, niin kuin toisen maailmansodan aikana joskus tarjoiltiin. Vaarisi mieli tuntuu hämärtyvän päivä päivältä pahemmin."

"Mitä sanoit, char wallah?" äyskähti vaari ja nappasi itselleen vanhentuneita suklaalevyjä.

"Enpä mitään!" Raj vastasi. "Olen huomannut, että helpointa on vain myötäillä", hän lisäsi Jackille kuiskaten.

"Samoin", Jack vastasi. "Tarvitsisin muuten vähän apua, jotta saan vaarin asettumaan yläkertaan."

"Tottahan toki. Mutta ennen kuin mennään, niin sattuuko sinua kiinnostamaan telkkarilehden numero vuodelta 1975?"

"Ei kiitos."

Raj ei niin vain antanut periksi. "Televisiossa esitetään nyt kovasti uusintoja, niin että se saattaa olla hyvinkin ajankohtainen."

"Meidän pitäisi kyllä mennä yläkertaan vaarin kanssa."

"Tottahan toki. Mitä tarjoat tästä suklaapäällysteisestä toffeesta? Joku on nuollut suklaan pois, ja toffeesydän puuttuu." Raj veti taskustaan kiiltävän violetin paperinpalan.

"Tuohan on pelkkä kääre!"

"Siksi sen saakin nyt puoleen hintaan."

"Mutta siinä ei ole karkkia!"

"Voit nuuhkia paperia!"

"Kiitos, char wallah, eiköhän tässä ole rupateltu tarpeeksi!" vaari keskeytti ja tunki van-

hentuneita suklaalevyjä taskuunsa vastaisen varalle. "Ilta-
päivänokosten aika!"

Tuntui oudolta peitellä vanhaa miestä. Viime aikoihin asti
vaari oli aina peitellyt Jackin. Nyt osat olivat vaihtuneet.
Nykyään vaari väsähti usein päivälläkin. Niinpä hän
nukkui aina lounaan jälkeen tunnin nokoset. Raj oli sul-
kenut kauppansa hetkeksi auttaakseen Jackia taluttamaan
vaarin turvallisesti portaita ylös.

"Tupluurit!" Sitä sanaa vaari käytti päiväunista. Raj
veti kauhtuneet verhot makuuhuoneen ikkunan eteen, ja
Jack asetteli peiton hyvin.

"Majuri, voitko tarkastaa, että Spitfire on tankattu?
On oltava valmiudessa siltä varalta, että tulee hyökkäys!
Luftwaffe voi tulla takaisin hetkenä minä hyvänsä."

"Tietysti, vaari", Jack vastasi ajattelematta.

"Kuka se sellainen vaari on?" vaari kysyi ja oli yhtäk-
kiä täysin valveilla.

"Siis totta kai, herra everstiluutnantti." Jack teki vielä
kunniaa tehostaakseen vaikutelmaa.

"Parempi. Voit poistua. Olen kerrassaan poikki!"

Vaari teki kunniaa ja tukahdutti haukotuksen. Heti kun hän oli sulkenut silmät, alkoi korviahuumaava kuorsaus.

ZZZZ! zzzz! ZZZZ! zzzz! ZZZZ! ZZZZ!

Vaarin viiksenkärjet kohosivat ja laskivat, kun Jack ja Raj hiipivät ulos huoneesta.

13

Selkäpiitä karmii

Alhaalla kaupassa Raj veti kaksi vanhaa puulaatikkoa istuimiksi itselleen ja Jackille. Sitten hän alkoi etsiskellä syötävää ja löysi lopulta kolhuisen pääsiäismunan ja puolikkaan paketin juustokeksejä, jotka olivat päätyneet jotenkin patterin taa.

"Kiitos että soitit yöllä isälle", Jack sanoi.

"Sehän oli selvä, nuoriherra Bumting. Ei tämä suoraan sanoen ollut ensimmäinen kerta, kun vaarisi on lähtenyt omille teilleen pimeäntulon jälkeen."

"Tiedän", Jack sanoi. Huoli varjosti hänen kasvojaan. Vaarin ikäisen ihmisen harhailut talviyössä voisivat hyvinkin olla hengenvaarallisia.

"Edellisillä kerroilla olen aina saanut hänet kiinni kadulta ja onnistunut viemään takaisin yläkertaan. Kuten näkyy, minulla on sangen urheilullinen ruumiinrakenne", Raj sanoi ja läpsäytti mahaansa. Se hyllyi kuin val-

114

tava hyytelö, ja vavahtelu jatkui jonkin aikaa vähän niin kuin jälkijäristyksenä. "Mutta viime yönä en vain ollut tarpeeksi nopea. Päätä vähän huippasi, sillä olin nauttinut liköörikonvehteja."

Jack ei oikein uskonut, että liköörikonvehdeista voi tulla huppeliin. "Miten monta sitten söit?"

"Kolme vain", Raj vastasi viattomasti.

"Ei kai kolmessa voi olla niin paljon alkoholia?"

"Siis kolme rasiallista", Raj tunnusti. "On vähän kohmeloinen olo. En nimittäin ollut myynyt niitä jouluna, ja ne olivat päässeet vanhentumaan."

"Mutta nythän on vasta tammikuu."

"Jouluna 1979."

"Ai", Jack vastasi.

"Ne olivat muuttuneet ihan valkoisiksi", Raj tunnusti. "No niin, kun olin vihdoin onnistunut pääsemään sängystä ja kompuroimaan kadulle, hän oli poissa. Juoksentelin edestakaisin, mutta hänestä ei näkynyt jälkeäkään. Vaarisi on nopea liikkeissään. Ajatus ehkä harhailee, mutta ruumis on vahva. Ryntäsin siis takaisin sisään ja selasin puhelinluetteloa, mutta siinä on painovirhe, siinä lukee

'Bunting' eikä 'Bumting'."

Jack oli vähällä oikaista mutta tuli toisiin ajatuksiin.

"No niin, lopulta kuitenkin löysin numeron ja soitin isällesi. Herra Bumting sanoi lähtevänsä etsimään autolla. Siitä tulikin mieleen, että mistä ihmeestä vaarisi sitten löytyi."

"Me etsittiin joka paikasta", Jack alkoi vuorostaan kertoa. "Mutta me etsittiin vääristä paikoista. Me katsottiin alas, kun olisi pitänyt katsoa ylös."

Raj raapi päätään. "En oikein pysy kärryillä", hän sanoi ja työnsi uuden juustokeksin suuhunsa. "Näiden päällä on pörhöistä hometta", hän lisäsi ja kaatoi kaikki keksit kurkusta alas.

"Vaari sanoo aina että ylös, ylös korkeuksiin. Se sanoi niin aina nousun hetkellä, kun se oli kuninkaallisten ilmavoimien lentäjä."

"Eli?"

"Eli arvasin, että se olisi jossain korkealla. Tiedätkö mikä on kaupungin korkein kohta?"

Raj näytti vaipuvan hetkeksi ajatuksiinsa. "Tuo nalle-karkkipurnukka on todella korkealla. En yllä siihen ilman tikkaita."

Jack pudisti kärsimättömänä päätään. "Ei! Se on kirkontorni!"

"Hyvänen aika sentään! Miten ihmeessä vaarisi pääsi sinne?"

"Varmaan se kiipesi. Se halusi koskettaa taivasta. Kun se oli siellä, se luuli ohjaavansa Spitfirea."

"Voi sentään. Vai että kirkontornissa muka ohjaamassa lentokonetta? Saa kiittää onneaan että on vielä hengissä. Pelkäänpä että vaarisi mieli hapertuu päivä päivältä pahemmin."

Totuus iski Jackiin kuin pillastunut juna, ja hänen silmänsä tulvahtivat täyteen kyyneliä. Raj kietaisi vaistomaisesti kätensä hänen olkapäilleen. "Kas niin, Jack, aina kannattaa itkeä. Haluaisitko paketin käytettyjä nenäliinoja?"

Jackin ei tehnyt mieli kuivata silmiään paperiin, johon joku oli niistänyt nenänsä, ja niinpä hän vastasi: "Ei kiitos. Ongelma on siinä, että äiti ja isä haluavat panna vaarin siihen yhteen vanhainkotiin, *Illankajon linnaan.*"

"Voi sentään", Raj sanoi ja pudisteli päätään.

"Mikä hätänä?"

"Ikävä sanoa, mutta minä en sitten yhtään tykkää sen paikan ulkonäöstä. Selkäpiitä karmii!"

"Niin, onhan se nummen laidalla."

Rajta puistatti. "Jotkut täkäläiset sanovat, ettei *Illankajon linnasta* pääse pois muuten kuin arkussa", hän sanoi vakavasti.

"Ei!" Jack huudahti. "Ei vaari voi mennä sinne. Mutta äiti ja isä ovat päätöksensä tehneet. Ne ovat ihan varmoja siitä!"

"Miksei vaarisi voi tulla asumaan teille?"

Jackin kasvoille levisi hymy. "Se olisi mahtavaa!"

"Sillä tavalla Intiassa tehdään! Nuoret huolehtivat vanhoista. Minullakin asuu kotona vanha täti."

"En tiennytkään."

"Kyllä vain, Dhriti-täti. Itse asiassa se ei pysty lähtemään sieltä."

"Onko se liian vanha?"

"Ei. Liian iso." Raj hiljensi ääntään ja katsahti kattoon. "Se on aina ollut suurikokoinen, mutta sen jälkeen, kun se muutti kaupan yläpuolelle, se on vain **pullistunut**. Pitää vuokrata nosturi ja kaataa yksi seinä, jos se päättää joskus piipahtaa jossain."

Jack näki sielunsa silmin, miten helakan väriseen sariin pukeutunutta naista vinssattaisiin kadun yli. Sitten hänen ajatuksensa palasivat tärkeimpään kysymykseen: vaariin.

"Meillä ei ole vierashuonetta, mutta minulla on kerrossänky. Itse asiassa vaari nukkui siinä viime yönä. Miksei se voisi jäädä siihen ikuisiksi ajoiksi? Raj, olet nero!"

"Niin olen", Raj vastasi.

"Juoksen heti kotiin puhumaan äidille ja isälle."

"Teepä se, nuoriherra Bumting!"

Jack pinkaisi kohti ovea.

"Ja pyydäpä mukavia vanhempiasi piipahtamaan joskus täällä kaupassa. Minulla on mainio tarjous jugurtista. Tai no, pikemminkin se on viimekuista maitoa ja..."

Raj ei saanut lausetta loppuun, sillä Jack oli jo tiessään.

14

Iloisia kärrynpyöriä

Äiti ja isä eivät tietenkään olleet ensin kovin halukkaita ottamaan vaaria luokseen asumaan. Mutta Jack aneli niin hartaasti, että lopulta he antoivat periksi. Vaari ei veisi tilaa, koska hän nukkuisi Jackin huoneessa. Sitä paitsi Jack lupasi huolehtia vaarista aina kun ei ollut koulussa. Kun vanhemmat sitten viimein suostuivat, Jackin sydän paisui ilosta niin, että hän olisi halunnut tehdä kärrynpyöriä olohuoneessa.

"Tämä on vain koeaika", äiti varoitti.

"Voi olla, ettei me pärjätä loputtoman kauan", isä mutisi murheellisesti. "Lääkärien mukaan isän tila vain huononee ajan mittaan. Älä sitten pety liikaa, jos tämä ei onnistukaan."

"Ja jos vaari taas katoaa keskellä yötä, niin peli on selvä!" äiti ilmoitti. "Sitten se menee suoraa päätä

Illankajon linnaan!"

"Tietysti! Tietysti! Vaari nukkuu minun huoneessani, ja minä kyllä pidän huolen, ettei mitään tapahdu!" Jack huudahti. Hän rynnisti naama hymyssä vaarin luo kertomaan MAHTAVAT uutiset.

15

Kuorsaa kuin norsu

Jack auttoi vaaria pakkaamaan tavarat pienessä asunnossa. Muistojensa lisäksi vaarilla ei ollut juuri mitään. Lentäjän suojalasit, purkillinen viiksivahaa, tölkki säilykelihaa. Sitten he kävelivät lyhyen matkan vaarin uudelle "kasarmille".

Heti kun he olivat päässeet yläkertaan ja Jackin huoneeseen, he alkoivat leikkiä toisen maailmansodan lentäjiä. Heidän olisi pitänyt olla nukkumassa jo aikoja sitten. Mutta he liitelivät yhdessä taivaalle, vaari rakkaalla Spitfirellaan ja Jack nopealla Hurricanella. *"Ylös, ylös korkeuksiin!"* he huusivat taistellessaan mahtavaa Luftwaffea vastaan. He pitivät niin hirvittävää mekkalaa, että uhkasivat herättää koko kadun. Juuri sillä hetkellä Jackia ei haitannut, ettei hänellä ollut tosi hyviä ystäviä, joita hän olisi voinut kutsua kylään. Tämän parempaa yökyläilyä ei ollutkaan! Juuri kun lentäjä-ässät olivat laskeutumassa koneineen maahan, äiti jyskytti oveen. Hän huusi: "Sanoin jo, että VALOT POIS!"

"Kunpa tuo halvatun köksä olisi vähän hiljempaa!" vaari sanoi.

"KUULIN TUON!" äiti kiljui oven takaa.

He pelasivat erän korttia taskulamppujen valossa "upseerimessissä", ja sitten vaari meni ikkunan ääreen. Hän katsoi tyhjälle taivaalle. Pimeässä pilkotti vain jokunen tähti.

"Mitä nyt?" Jack kysyi.

"Kuulostelen vihollisen koneita, kuomaseni."

"Kuuluuko mitään?" Jack kysyi innoissaan. Hän istui

jalat ristissä yläsängyssä, keskellä katosta riippuvia pienois-
mallejaan.

"Hys..." vaari hyssytti. "Joskus Luft-
waffen lentäjät sammuttavat moottorin ja antavat konei-
den leijua. Vihollisen tärkein ase on yllätys. Niiden tulon
paljastaa vain tuulen ujellus siivissä. Kuuntele..."

Jacks tyhjensi mielensä ajatuksista ja keskittyi kuuntelemaan. Olihan touhu ihan järjetöntä, jos oikein ajatteli. Oli vuosi 1983, ja he kuulostelivat koneita, jotka eivät olleet lentäneet Brittein saarten yllä neljäänkymmeneen vuoteen. Mutta vaarille ne olivat niin todellisia, että Jackinkin oli pakko uskoa.

"Jos ne olisivat tulossa tänään, ne olisivat jo tulleet. Nyt pitää painua pehkuihin. Vihollisella voi hyvinkin olla mielessä pommitus heti aamusta."

"Kyllä, herra everstiluutnantti", Jack sanoi ja teki kunniaa vaikkei ollutkaan ihan varma, oliko nukkumaanmenoaika oikea hetki sille.

Vaari sulki ikkunan ja tassutteli alapetiin. "Öitä sitten vain, kuomaseni", hän sanoi ja sammutti valon. "Toivottavasti et kuorsaa. En voi sietää kuorsaajia!"

Sen sanottuaan hän nukahti ja alkoi kuorsata kuin norsu.

ZZZZZZZ... ZZZZZZZZZ ZZZZZZZZZZZZZZZ.

Hänen viiksenkärkensä värisivät kuin perhosensiivet.

Jack makasi yläsängyssä aivan hereillä. Korviahuumaavasta kuorsauksesta huolimatta hän oli onnensa kukkuloilla. Hän oli pelastanut vaarin joutumiselta **Illankajon linnaan.** Nyt kun koko perhe oli saman katon alla, hänellä oli lämmin, lempeä olo.

Hän painoi pään tyynyyn. Sen alle hän oli piilottanut huoneensa avaimen. Hän oli luvannut vanhemmilleen, ettei vaari lähtisi enää öisille kävelyretkille, ja siksi hän oli lukinnut vaivihkaa oven.

Hän katseli lentokoneiden pienoismalleja, jotka pyörivät pimeässä. *Kunpa nuo olisivat oikeita*, hän ajatteli. Hän sulki silmät ja alkoi kuvitella olevansa toisen maailmansodan hävittäjän ohjaamossa lentämässä korkealla pilvien päällä. Pian hän oli jo unessa.

16

Tyhjä punkka

RRRIIIIINGGGGG!!!

Seuraavan kerran Jack havahtui herätyskelloon, joka soi joka arkiaamu seitsemältä. Hän makasi yläpedissä, haparoi vanhaa vedettävää Ilmavoimien metallikelloa ja sammutti sen. Hän ei ollut edes avannut silmiään vielä, kun hän yhtäkkiä muisti, että vaari oli nukahtanut alapetiin. Hän makasi hetken aloillaan kuulostelemassa vaarin kuorsausta. *Outoa*, hän ajatteli. Ei kuulunut ääntäkään. Avain oli kuitenkin visusti piilossa tyynyn alla. Ovi oli siis edelleen lukossa. Vaari ei ollut voinut millään ilveellä päästä ulos.

Yhtäkkiä Jack tajusi, että huoneessa oli kylmä. Hirvittävän kylmä. Peiton ulkopuoli tuntui jäiseltä. Lentokoneiden pienoismalleja peitti kevyt kuura. Sisällä taisi olla sama lämpötila kuin ulkona.

Samalla hetkellä talvinen tuuli navakoitui... ja verhot lepattivat. Ikkuna oli varmaan auki! Jack ei ensin pystynyt kurkistamaan alasänkyyn. Hän kokosi hitaasti kaiken rohkeutensa. Hän veti syvään henkeä ja katsoi.

Punkka oli tyhjä.

Sänky oli pedattu niin siististi, että näytti siltä kuin siinä ei olisi koskaan nukuttukaan. Ihan vaarin tapaista. Hän ei jättänyt sänkyään petaamatta edes lähtiessään uhkarohkealle pakomatkalle keskellä yötä. Aika kuninkaallisissa ilmavoimissa oli opettanut häntä olemaan aina tiptop.

Jack ponkaisi pystyyn ja ryntäsi ikkunaan. Hän tähyili huurteisten pihojen pitkää riviä etsien merkkejä vaarista. Sitten hän tarkasti jokaisen puun, katon ja jopa lyhtypylvään siltä varalta, että vaari oli kiivennyt niihin. Ei mitään. Pihojen takana oli puisto. Oli vielä varhaista, eikä siellä ollut ketään. Laajaa ruohokenttää peitti kuura, mutta missään ei näkynyt jalanjälkiä.

Vaari oli ollut poissa jo pitkään.

17

Ei mitään

Päivät ja yöt seurasivat toisiaan, mutta vaarista ei näkynyt jälkeäkään. Kaupunkilaiset kokosivat etsintäpartioita, poliisi hälytettiin mukaan, ja Jack jopa esiintyi kyynelet silmissä paikallisuutisissa ja vetosi katsojiin, että vaari saataisiin turvallisesti takaisin kotiin.

Ei mitään.

Jackin neuvosta etsijät kolusivat kaikki mahdolliset korkeat paikat. Kukkulanhuiput, rakennusten katot, tietysti kirkontornin ja jopa sähköpylväät.

Ei mitään.

Jack laati vaarista "Kadonnut"-ilmoituksen. Hän monisti niitä sadoittain koulun kopiokoneella ja huristeli kolmipyöräisellä kiinnittämässä niitä kaikkiin vastaantuleviin lyhtypylväisiin ja puihin.

Ei mitään.

Aina kun puhelin tai ovikello soi, Jack ryntäsi vastaamaan, sillä joka kerta hän toivoi saavansa tietoja vaarista. Mutta vaari oli kadonnut jäljettömiin.

Jackilla oli kamalan syyllinen olo, ja hän itki itsensä uneen joka ilta. Äiti ja isä sanoivat, ettei hänen pitänyt syyttää itseään, mutta hän toivoi yhä uudelleen, että olisi kuunnellut heitä.

Ehkä vanhainkoti olisi sittenkin ollut vaarille paras paikka. Siellä vaari olisi ainakin ollut turvassa. Ehkei heidän perheensä pystynytkään huolehtimaan vaarista, vaikka tuntuikin kurjalta ajatella niin.

Jokaisen päivän myötä tyhjyyden tunne syveni.

Vähän ajan kuluttua Jack kuitenkin oivalsi jotain kamalaa. Maailma pyöri edelleen, äiti ja isä palasivat töihin. Kaupunkilaiset jatkoivat elämää. Vanhan miehen katoaminen oli pian vanha uutinen.

Pahinta oli, etteivät he tienneet mitä oli tapahtunut. Oliko vaari lähtenyt iäksi? Vai oliko hän jossain eksyksissä ja avun tarpeessa?

Jack palasi vastahakoisesti kouluun. Hänen oli aina

ollut vaikea keskittyä tunneilla, mutta nyt hänen mielen-
sä oli kokonaan muualla. Vaikka tunnilla olisi käsitelty
mitä, hän ajatteli vain vaaria.

Koulun jälkeen hän kävi aina Rajin kaupassa kysy-
mässä, oliko kuulunut mitään.

kLING! kilkahti kello, kun
hän astui kaupan ovesta sisään. Vaarin katoamisesta oli jo
viikko.

"Aa! Nuoriherra Bumting! Lempiasiakkaani! Tule
sisään sieltä kylmästä!" Raj huusi tiskin takaa.

Jack oli niin murheellisella mielellä, että pystyi vain
nyökkäämään kohteliaasti.

"Tutkin taas tänään kaikki sanomalehdet, mutta ikä-
vä kyllä vaaristasi ei ole mitään merkkejä missään", Raj
sanoi.

"En ymmärrä!" Jack sanoi. "Aina ennen, kun vaari
on kadonnut, olen löytänyt sen. Nyt tuntuu kuin se olisi
kadonnut savuna ilmaan."

Raj mietiskeli hänen sanojaan ja nappasi tiskiltä suu-
hunsa tikkarin voidakseen keskittyä paremmin. Se ei sel-

västi maistunut hyvältä, sillä hän nyrpisti naamaansa ja tipautti tikkarin muiden joukkoon myytäväksi.

Jackin koulussa oli huhuttu, että Rajin karkit olivat "ennalta-imeskeltyjä". Nyt asiaan saatiin varmuus. Kumma kyllä Jack piti Rajista ihan yhtä paljon kuin ennenkin.

"Vaarisi on sotasankari..." Raj mietti ääneen.

"Niin on! Sillä on jopa lentäjien ansioristi!" Jack sanoi. "Se on suurin kunnianosoitus, jonka lentäjä voi saada."

"...enkä siksi oikein usko, että se noin vain luopuisi elämästä. Jossain se on. Olen siitä varma."

кLING! Ensimmäisen kerran päiväkäusiin Jack lähti kaupasta kevyin askelin. Nyt hänellä ainakin oli toivoa. Taivaalla hurisi lentokone. Hän nosti katseensa ja melkein odotti näkevänsä vaarin. Mutta tietenkään kone ei ollut Spitfire. Vain ihan tavallinen jumbojet.

"Ylös, ylös korkeuksiin", hän lausui itsekseen.

Raj oli oikeassa – vaari oli varmasti jossain.

Mutta missä?

18

Vemmellystä

Luokkaretket olivat harvinaisia Jackin koulussa. Sen jälkeen, kun yksi poika oli liukunut pitkin Tyrannosaurus Rexin luurankoa luonnonhistoriallisessa museossa, rehtori oli kieltänyt kaikki retket toistaiseksi. Vuosien varrella koulun oppilaiden tuhmuuslista olikin venynyt pitkäksi. Monet rikkeet olivat jo tarunhohtoisia...

– Yksi tyttö oli kerran loi-
kannut pingviiniaitauk-
seen Lontoon eläintar-
hassa. Hän kuvitteli, että
jos hän vetäisi villapai-
dan päänsä yli, vaappuisi
ja nappaisi kalan suuhun-
sa, hän näyttäisi itsekin
pingviiniltä.

– Retki Dr Who -näyttelyyn oli päättynyt sekasortoon, kun joukko poikia oli varastanut Cybermen-, Sontaran- ja Dalek-asut ja esittänyt, että avaruusolennot olivat valloittaneet maapallon.

– Eräänä jouluna kaksi oppilasta oli varastanut hevosasun, kun koko koulu oli katsomassa jouluhupailua. Heidät löydettiin vasta kuukausia myöhemmin, kun he yrittivät osallistua Grand National -laukkakisoihin.

– Retki muinaiseen linnoitukseen oli saanut harmillisen
   käänteen, kun opettaja oli lentänyt ulos kanuunasta.
   Hänet löydettiin puusta kolmen kilometrin päästä.

– Retkellä HMS Victory -purje-
   laivalle joukko poikia oli
   nostanut ankkurin ja levit-
   tänyt purjeet. He vetivät sal-
   koon kallo ja ristiluut -lipun
   ja ilmoittivat olevansa meri-
   rosvoja. Kuninkaallisen lai-
   vaston lentotukialus otti pojat
   kiinni useiden merellä vietet-
   tyjen kuukausien jälkeen.

– Päiväretki läheiselle maatilalle oli päättynyt katastrofiin, kun maantiedon opettaja oli paimennettu lammasaitaukseen ja hänen päänsä oli keritty. Edellisenä vuonna oppilaat olivat kiinnittäneet miesparan lypsykoneeseen, eli ehkä hänelle kävi tällä kertaa aavistuksen paremmin.

– Kansallisgalleriassa muuan poika oli kirjoittanut Turnerin korvaamattoman arvokkaaseen mestariteokseen mustalla tussilla "Gaz kävi täällä". Ensin hän kielsi syyllisyytensä, mutta lopulta hänelle muistutettiin, ettei koulussa ollut muita Gaz-nimisiä oppilaita.

– Retki Englannin pankkiin oli päättynyt koulun kannalta häpeällisesti, kun oli käynyt ilmi, että pankista puuttui 1 000 000 puntaa. Matematiikanopettaja Filch istuu vieläkin vankilassa osallisuudestaan ryöstöön.

– Paloasemavierailulla palopäällikkö oli saanut katua sitä, että oli päästänyt oppilaat paloletkujen kimppuun. Yksi opettaja sinkoutui suihkun voimasta kattoon ja joutui olemaan siellä tunnin ennen kuin vesi loppui.

– Koulu oli saanut ikuisen porttikiellon Madame Tussaudin vahakabinettiin sen jälkeen, kun pari poikaa oli pihistänyt sieltä pääministeri Margaret Thatcherin vahanuken. Seuraavana päivänä he kiidättivät sitä skeittilaudalla ympäri koulua ikään kuin pääministeri olisi tullut vierailulle.

Huolimatta tästä pitkästä rikosluettelosta neiti Verity oli anonut rehtorilta, että retkikielto purettaisiin. Lopulta hän

sai luvan viedä historianluokkansa Lontoon sotamuseoon.
Neiti Verity oli tunnetusti koulun ankarin opettaja, ja rehtori oli varma, ettei hänen valvonnassaan voisi tapahtua mitään ikävää.

Jackin ajatukset olivat olleet vaarin katoamisessa, ja siksi hän oli unohtanut koko retken. Hän nousi aamulla bussiin aivan muissa maailmoissa. Kaikki oppilaat olivat tietysti ahmineet eväänsä jo ennen kuin bussi lähti koulunpihalta. Ahneet pikku riiviöt.

Paluu sotamuseoon oli Jackille katkeransuloinen kokemus. Hän oli käynyt siellä niin monta kertaa vaarin kanssa, että se oli heille molemmille kuin toinen koti. Yhteisten retkien aikaan vaari oli tietysti vielä tiennyt olevansa Jackin vaari.

Kun bussi pysähtyi museon eteen, Jack tunnisti sen heti. Se oli mahtava rakennus, etupuolella oli roomalaistyylisiä pylväitä, katolla vihreä kupoli ja pihalla laivatykki, jonka molemmat piiput olivat uljaasti koholla.

Retki oli vähällä peruuntua ennen kuin kukaan ehti edes nousta bussista. Takapenkin kaksi poikaa olivat työntäneet peppunsa ikkunaan ja pyllistäneet japanilaiselle eläkeläisryhmälle. Neiti Verity antoi molemmille elinikäisen jälki-istunnon ja piti sitten kaikille puhuttelun bussissa.

"Kuunnelkaa!" hän huusi innostuneen kuhinan yli. Lapset olivat täynnä vipinää ahmittuaan kaikki leivokset ja suklaalevyt eväsrasioistaan. He olivat aivan liian täpinöissään ollakseen hiljaa. "Sanoin että

KUUNNELKAA!" opettaja karjaisi. Tuli

hiljaista. "Ihan jokainen teistä käyttäytyy tänään mallik-
kaasti. Olette kaikki koulumme käveleviä mainoksia. Jos
saan vihiäkään vemmellyksestä, rettelöin-
nistä tai veijaroinnista, palaamme kaikki suo-
raa päätä bussiin."

Muiden lasten tavoin myöskään Jack ei tiennyt, mitä
vemmellys oikeastaan tarkoitti. Mutta varmaan siihen liit-
tyi liukuminen peppumäkeä korvaamattoman arvokasta
dinosauruksen luurankoa pitkin.

"No niin, tässä teille tehtäväpaperit!" neiti Verity
ilmoitti ja jakoi pinkan monisteita. Oppilaat voihkaisivat
kuuluvasti, sillä heidän mielestään luokkaretken piti olla
pikemminkin lorvailua. "Sinullekin on tehtäviä", opetta-
ja sanoi ja antoi kummastuneen näköiselle bussikuskille
paperin. "Odotan teiltä kolmea **F:ää. Faktoja.
Faktoja. Faktoja.**"

Jack silmäili tehtäväpaperia. Siinä oli sadoittain kysy-
myksiä, jotka kaikki liittyivät tylsiin historiallisiin yksi-
tyiskohtiin. Päivämääriin, nimiin, paikkoihin. Oppi-
laat eivät ehtisi ollenkaan ihailla näyttelyesineitä. Koko

vierailu menisi kylttien tavaamiseen ja **faktojen, faktojen, faktojen** raapustamiseen.

Sotamuseo oli lattiasta kattoon täynnä tankkeja, aseita ja univormuja sekä menneisyydestä että nykyi-

syydestä. Jackin lempipaikka siellä oli suuri sali, jonka katosta riippui lentokoneita. Juuri siellä hän oli saanut ajatuksen ripustaa pienoismalleja oman huoneensa kattoon.

Museossa oli hieno kokoelma hävittäjiä. Siellä oli ensimmäisen maailmansodan kaksitaso nimeltään Sopwith Camel, Luftwaffen Focke-Wulf ja amerikkalainen Mustang. Museon suurin ylpeys oli kuitenkin maailman tarunhohtoisin hävittäjä. Spitfire.

Sen näkeminen sai Jackin sydämen pakahtumaan. Tuntui kuin olisi päässyt taas lähelle vaaria.

19

Petolintu

Useimmat Jackin koulukaverit halusivat pinkoa museon läpi niin nopeasti kuin suinkin. Heidän suunnitelmansa oli mennä suorinta tietä museokauppaan ja käyttää taskurahansa johonkin, mikä ei liittynyt näyttelyesineisiin millään tavalla. Esimerkiksi jäätelön muotoiseen hajukumiin, jota he voisivat nuuhkia koko paluumatkan.

Jack halusi vain tuijottaa Spitfirea. Se oli vetänyt häntä puoleensa aina. Tänään vetovoima oli entistäkin väkevämpi. Spitfire oli suunniteltu kylvämään tuhoa ja hävitystä, mutta se oli myös kaunis esine. Nähdessään sen taas Jack ymmärsi, miksi juuri tästä hävittäjästä oli tullut tarunhohtoinen.

Kunpa hän vain voisi lähteä sillä lentoon. *"Ylös, ylös ja korkeuksiin"*, hän mumisi itsekseen. Oli niin sääli, että mahtava sotalintu pölyttyi museossa, kun sen olisi pitänyt **LIIDELLÄ** taivaalla.

Spitfire oli upea joka kulmasta katsottuna. Tuijottaessaan sitä suoraan alhaalta Jack huomasi, että sillä oli yhtä sileä ja vaalea mahapuoli kuin miekkavalaalla. Siivet olivat vahvat ja väkevät kuin petolinnulla. Kaikkein hienoin Jackin mielestä oli puinen potkuri. Se oli koneen nokassa, aivan kuin Spitfirella olisi ollut viikset. Niinpä se ei näyttänytkään oikeastaan koneelta vaan ihmiseltä.

Korkeassa näyttelysalissa oli portaita, joita pitkin pääsi seinää kiertävälle kävelysillalle. Sieltä katosta riippuvat lentokoneet näki paremmin. Mutta kun Jack nousi sillalle tarkastellakseen Spitfirea lähempää, hän huomasi jotain hyvin merkillistä. Ohjaamon suojana oleva akryylikupu oli höyrystynyt. Sisällä oli varmaan jotain, mikä lämmitti sitä.

Vielä kummallisempaa oli, että ohjaamosta kuului ääntä. Kuorsauksen ääntä.

ZZZZZZ! ZZZZZZZ! ZZZZZZZZ!

Ilmeisesti Spitfiressä nukkui joku!

20

Sääntöjä rikkomassa

"Jack, tulepas sieltä!" neiti Verity huusi alhaalta ja kääntyi kohti seuraavaa salia.

"Tullaan!" Jack huusi kävelysillalta, vaikka hänellä ei ollut aikomustakaan lähteä. Hänen oli saatava tietää, nukkuiko Spitfiren ohjaamossa joku.

"Huhuu?" Jack huhuili kohti konetta.

ZZZZZZZZZZzzz!
ZZZZzzZ!
Vastausta ei kuulunut.

"HUHUU!" Jack huusi uudelleen vähän kovemmalla äänellä.

ZZZZZZZZZZzzz
ZZZZZZZZZZzzz!

ZZZZZZZZZZzzz
ZZZZZZZZZZZZzzz
ZZZZZZZZZZZzz!

Ei vieläkään vastausta.

Kävelysillalta ei päässyt Spitfiren viereen. Loikkaaminen olisi takuulla hengenvaarallista. Lentokoneet riippuivat korkealla lattian yläpuolella.

Sopwith Camelin siipi ei kuitenkaan ollut kovin kaukana sillasta. Jos pääsisi kömpimään sille, voisi ryömiä sitä pitkin seuraavaan koneeseen. Lopulta päätyisi Spitfireen.

Omassa mielikuvituskoneessaan Jack oli aina rohkea. Mutta elävässä elämässä hän tunsi pikemminkin olevansa ujo ja arka. Nyt hän aikoi rikkoa kaikkia mahdollisia sääntöjä.

Hän veti syvään henkeä. Uskaltamatta katsoa alas hän kiipesi kävelysillan kaiteelle. Hän sulki hetkeksi silmät ja loikkasi ensimmäisen maailmansodan aikaisen kaksitason siivelle.

TUMPS!

Ikivanha Sopwith Camel -hävittäjä oli melkein koko-
naan puuta ja paljon kevyempi kuin Jack oli kuvitellut.
Se tutisi hänen allaan. Hetken Jack pelkäsi kaatuvansa ja
syöksyvänsä lattialle. Hän teki nopean päätöksen ja aset-
tui nelinkontin, jotta paino jakautuisi tasaisemmin. Sitten
hän vipelsi kuin rapu siipiä pitkin seuraavan koneen luo.

Se oli Luftwaffen pelätty Focke-Wulf. Se oli niin kau-
kana, että olisi taas pakko hypätä.

Jälleen Jack veti syvään henkeä ja loikkasi ilman halki.

TUMPS!

Hän tömähti Focke-Wulfin siivelle. Nyt hän oli enää yhden koneen päässä Spitfiresta. Hän oli niin lähellä, että ohjaamosta kantautuva kuorsaus kuului jo uskomattoman kovana.

ZZZZZZZZZZzz
zzZZZZZZZZZzz
ZZZZZZZZZZzz!

Oli tietysti mahdollista, että koneessa oli urosnorsu, mutta tosiasiassa Jack tunsi tämän kuorsauksen...

21

Viidakkokarjaisu

"HEI! SINÄ!" Suuressa salissa kajahti huuto.

Jack nielaisi ja katsoi alas Luftwaffen Focke-Wulfin siiveltä. Hän ei ollut koskaan ennen tehnyt mitään tuhmaa. Nyt hän oli sotamuseossa hyppelemässä vanhojen ja korvaamattoman arvokkaiden hävittäjien siivillä.

Alhaalla seisoi tosi iso vartija, joka tuijotti häntä. Näytti siltä kuin museo olisi pyydystänyt viidakon suurimman gorillan, ahtanut sen univormuun ja asettanut lakin sen päähän. Vartijan nenästä, kaulasta ja korvista puski mustia karvatuppoja.

"Ai minä vai?" Jack kysyi viattomasti, aivan kuin olisi täysin normaalia kyyristellä sotamuseon katosta riippuvan toisen maailmansodan aikaisen hävittäjän siivellä.

"NIIN! SINÄ! HETI ALAS SIELTÄ!"

"Ai nyt vai?" Jack kysyi esittäen yhä, ettei ymmärtänyt yhtään, mistä tässä hössötettiin.

"NIIN!"

Mies alkoi suuttua, ja hänen äänensä oli muuttunut jonkinlaiseksi viidakkokarjunnaksi.

Karjunta oli niin kova, että kaikki muut museovieraat kerääntyivät saliin. Pian Jackin koulukaveritkin olivat siellä ja tuijottivat häntä ällistyneinä. Jackin naama karahti tulipunaiseksi noloudesta. Viimein itse neiti Verity porhalsi sisään pitkä hulmuava hame kahisten.

"Jack Bunting!" hän puhisi. Kun opettaja käytti koko nimeä, tilanne oli vakava. "Alas sieltä heti paikalla. Häpäiset koko koulun!"

Koululla oli jo ennestään niin huono maine, ettei Jack uskonut voivansa häpäistä sitä enää pahemmin. Nyt ei kuitenkaan ollut hyvä hetki alkaa kiistellä aiheesta.

Hänellä oli sitä paitsi muuta mielessään. "Minun pitää vain ensin hypätä Spitfireen, mutta lupaan tulla alas heti sen jälkeen!" hän sanoi.

Toiset oppilaat naureskelivat. Valtava vartija ei ollut ollenkaan huvittunut. Hän jytisteli kävelysillalle. Sen lisäksi, että hän näytti gorillalta, hänellä oli ilmeisesti myös gorillan taidot. Pian hän oli loikannut Sopwith Camelin siivelle. Mutta koska hän oli gorillan kokoinen, hän oli varmaan kymmenen kertaa Jackia painavampi. Kaksitaso heilui hurjasti puolelta toiselle, ja sen siipi rysähti päin viereistä konetta.

RYSKIS!!

Focke-Wulf, jonka päällä Jack kyyristeli, keinahti villisti.

SVIUUH!

Jack rukka menetti koko-
naan tasapainonsa. Hän
haparoi, kaatui ja jäi riippu-
maan Focke-Wulfin siivestä
sormenpäidensä varassa.

”Argh!”

Jack parahti kauhuissaan.
”Pidä kiinni!”
neiti Verity huusi alhaalta.
Sotamuseon suuressa salissa
ei ollut koskaan nähty tällais-
ta näytelmää. ”Minulle olisi

epäedullista, jos oppilaani menettäisi henkensä luokka-
retken aikana."

Jack tunsi, että hänen sormensa luisuivat pitkin Focke-
Wulfin siiven kylmää kiiltävää metallipintaa.

"PYSY SIINÄ!" ärisi vartija.

Mitä muutakaan voisin tehdä? Jack ihmetteli.

Alas oli

pitkä

p
u
d
o
t
u
s.

22

Tupluurit

Juuri silloin Jack huomasi, että Spitfiren ohjaamon kupu avautui.

"Mitä täällä metelöidään? Eikö lentäjä saa ottaa tupluureja rauhassa?"

"Vaari!" Jack huusi riemuissaan, sillä vaari oli tosiaan viimein löytynyt.

"Kuka se sellainen vaari on?" vaari kysyi. Nykyään hän ei enää ikinä vastannut tuohon puhutteluun, mutta Jack ei aina muistanut sitä.

"Everstiluutnantti!" Jack oikaisi.

"Niin sitä pitää!" vaari sanoi kiivetessään ulos ohjaamosta Spitfiren siivelle. Hän laski katseensa ja huomasi olevansa korkealla. "Olenpa typerä! Olenkin vielä ilmassa!" hän mumisi ja kääntyi palatakseen ohjaamoon.

"Ei, et sinä ole ilmassa!" Jack sanoi.

Vaari tirkisteli kasvavaa ihmisjoukkoa alhaalla. "Onpa merkillistä."

"Öö? Everstiluutnantti?" Jack sanoi, sillä hänen oli pakko herättää vaarin huomio.

Vaari katsoi häntä kohti. Jack riippui sormenpäillään siivestä. "Majuri, mitä ihmettä sinä siellä teet? Annahan kun autan."

Vaari eteni Spitfiren siipeä pitkin Focke-Wulfista riippuvan Jackin luo ja tarttui Jackin käteen. Vaikka hän oli vanha, hän oli yllättävän vahva. Jack puolestaan

ei ollut järin urheilullinen, ja niinpä hän oli kiitollinen avusta.

Vaari kiskaisi hänet yhdellä tempaisulla Spitfiren siivelle.

Alhaalla seisovat lapset hihkuivat, hurrasivat ja taputtivat käsiään.

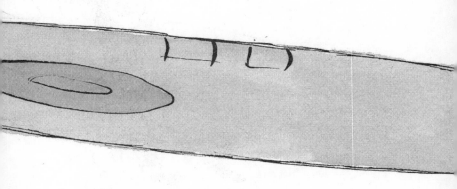

Mitään ajattelematta Jack kietaisi kätensä vaarin ympärille ja rutisti. Vaari oli ollut kateissa yli viikon, ja Jack oli luullut, ettei näkisi häntä enää koskaan.

"Majuri, muista, että nyt on sota!" vaari sanoi. Hän irrottautui hellävaroin Jackin otteesta, ja he oikaisivat selkänsä ja tekivät kunniaa.

Yhtäkkiä alempaa kuului ärinää. **"TÄTÄ SAATTE KATUA!"** Sieltä tuli vartija.

Gorillamies loikkasi Focke-Wulfilta Spitfiren siivelle. Kaikkien kolmen yhteispaino sai ripustuskaapelin kiristymään ja venymään.

TVÄNG!

IIK!

Ja lopulta...

SN ÄP!

Spitfiren siipi heilahti kohti lattiaa, ja kone riippui
enää yhden kaapelin varassa.

Kolmikko liukui siipeä pitkin yleisön henkäillessä.
Vaari ehti juuri ja juuri saada otteen koneen pot-
kurista. Jack sai otteen vaarin tohveleista. Vartija puo-
lestaan sai otteen Jackin nilkoista, ja sitten he kaikki
keinuivat ilmassa kuin trapetsitaiteilijat.

TÄMÄ PUOLI YLÖS

"Pidä kiinni, majuri!" vaari huusi alas.

"Pidä kiinni, everstiluutnantti!" Jack huusi ylös.

Alhaalta kuului nyyhkytystä.

"EN TAHDO KUOLLA!"

vartija tyrski ja oli tikahtua kyyneliinsä.

"Katso alas!" neiti Verity sanoi rauhallisesti.

"PELOTTAA LIIKAA!"

vartija ulvoi ääni sortuen kauhusta. Hän puristi silmät niin kiinni kuin suinkin sai.

"Hyvänen aika sentään, pudotusta on pari senttiä", opettaja huokaisi.

Vartija avasi hitaasti silmänsä ja katsoi maahan. Koska hän oli ihmisketjun alimmainen, hänen kenkänsä hipoivat lattiaa.

"Oho!" hän sanoi, ja äkkiä häntä nolotti, että iso koululaislauma oli nähnyt hänet vollottamassa hervottomasti. Hän laski kolmeen ja päästi irti Jackin nilkoista. Hän pudottautui pikkiriikkisen matkan lattialle.

Vartija kääntyi neiti Verityn puoleen. "Pelastit henkeni", hän sanoi tukahtuneesti ja halasi opettajaa niin lujasti, että tempaisi hänet ilmaan.

"Silmälasit litistyvät!" opettaja vastusteli. Hän näytti äärettömän kiusaantuneelta. Nolous vain yltyi, kun hän näki oppilaansa, jotka kikattivat siivon opettajansa halailua.

"Entäs me?" huusi Jack, joka riippui yhä vaarin nilkoista.

"Minä nappaan teidät!" vartija sanoi, sillä hän halusi kohentaa miehistä mainettaan. "Päästä irti, kun olen laskenut kolmeen. Yksi, kaksi, kolme..."

"Täältä tullaan!" vaari sanoi.

Vartija ei ehtinyt sanoa enempää, sillä myös vaari oli päästänyt irti.

Siinä samassa sekä Jack että vaari putosivat vartijan päälle. Iso mies toimikin mainiona patjana.

BOING!

Vartija tuupertui, kun hänen niskaansa rysähti kaksi ihmistä. Hän jäi makaamaan museon lattialle.

"Perääntykää!" opettaja määräsi. "Minun on annettava hänelle tekohengitystä!"

Hän polvistui puhaltamaan ilmaa vartijan suuhun. Vartija havahtui nopeasti, sillä hän oli vain taintunut hetkeksi.

"Kiitos, neiti...?" vartija sanoi.

"Verity. Mutta sano vain Veronica."

"Kiitos, Veronica." He hymyilivät toisilleen.

Sitten neiti Verity nosti katseensa ja näki vaarin. "Ai te taas, herra Bunting! Olisi pitänyt arvata!"

Nyt kun vartija pötkötteli lattialla ja korvaamattoman arvokas vanha Spitfire heilui katossa, Jack tuumi, että oli paras vain olla kuin ei olisi tapahtunut yhtikäs mitään.

"Taistelu Britanniasta on sitten käsitelty", hän sanoi hilpeästi. "Mitäs seuraavaksi?"

"Seuraavaksi..." opettaja puhisi, **"minä kutsun poliisin!"**

23

Pähkinöitä ja marjoja

Useimpien lasten tavoin Jack oli aina halunnut päästä poliisiauton kyytiin. Hän oli kuitenkin kuvitellut istuvansa etupenkillä jahtaamassa konnia. Ei takana vieressään perheenjäsen, joka oli juuri pidätetty.

Poliisiauto kiisi halki Lontoon sireenit **ULVOEN.** Heitä vietiin Scotland Yardiin kuulusteltaviksi, joskin vaari tuntui kuvittelevan, että he olivat joutuneet "vihollisen" vangeiksi. Vaaria epäiltiin "vahingonteosta". Jack oli yrittänyt selittää, että jos vartija ei olisi ollut ihan niin painava, Spitfiren kaapeli ei olisi katkennut. Selitys ei tietenkään päästänyt vaaria pälkähästä. Poliisi näytti hyvin vakavamieliseltä henkilöltä. Hän istui ratin takana, eikä sanonut sanaakaan matkalla laitokselle.

Poliisiauton takapenkillä Jack kääntyi katsomaan vaaria.

"Vaar– siis everstiluutnantti."

"Niin?"

"Miten päädyit nukkumaan koneesi ohjaamoon?"
Kaiken hässäkän keskellä Jack oli unohtanut kysyä.

Vaari näytti hetken kummastuneelta. Hän oli ollut
kateissa viikon. Sotamuseo oli kilometrien päässä kotoa.

"Kaikki alkoi siitä, kun pudottauduin laskuvarjolla
vihollislinjojen taa..." vaari aloitti vihdoin. Hän oli sel-
västi hämmennyksissään ja yritti muodostaa kuvaa viikon
tapahtumista.

Tuo on varmaan hänen muistikuvansa siitä, kun hän
hyppäsi minun huoneeni ikkunasta, Jack ajatteli.

"Kävelin monta päivää ja yötä", vaari jatkoi. "Pysytte-
lin syrjässä isoilta teiltä ja olin metsässä niin paljon kuin
pystyin. Juuri niin meidät ilmavoimien lentäjät on kou-
lutettu toimimaan, jos joudumme miehitetyille alueille."

Siksi kukaan ei nähnyt häntä, Jack ajatteli. Hän katsoi
vaarin tohveleita, ja ne olivat mutaiset ja likomärät. "Mut-
ta miten sinä selvisit?" Jack kysyi.

"Söin pähkinöitä ja marjoja ja join
sadevettä."

"Nukuitko paljaan tai-
vaan alla?"

"Paras paikka nukkua!
Kai sinäkin nukuit taivas-
alla kun olit ilmavoimis-
sa?" vaari kysyi.

Jackia nolotti vastata. "En. En ikinä." Vaarin elämä
oli ollut sata kertaa jännittävämpää kuin hänen oman-
sa voisi koskaan olla. "Miten tiesit, mihin pitää mennä?"

"Ylitin varmaan rajan liittoutuneiden puolelle, sillä
eräältä pellolta näin valtatien ja siellä oli iso kyltti."

"Mitä siinä kyltissä oli?" Jack kysyi.

"Oikein iso kuva Spitfiresta! Ja vielä kulkuohjeet! Merkillistä."

Sotamuseon mainostaulu! Jack tajusi.

"Täytyy ottaa asiasta puhelu kenraalille. Vihollinen oikein opastetaan lähimpään tukikohtaan. Jos niiden jalkaväki tosiaan onnistuu nousemaaan maihin, ne voivat vain noudattaa ohjeita ja marssia suorinta tietä perille!"

Jackin oli pakko hymyillä. Kaikille muille vaarin sairaus oli ongelma. Jackille hänen mielenliikkeensä olivat kuin taikuutta.

"Kun vihdoin pääsin tukikohtaan, alkoi olla pimeää", vaari jatkoi. "Lentokonehallissa oli jokunen pikku riiviö töllistelemässä – evakkoja varmaan..."

Sotamuseo oli aina täynnä lapsia. *Niitä vaari varmaan tarkoittaa*, Jack ajatteli.

"...minun piti päästä vessaan. En ollut käynyt ainakaan viikkoon. Ja pähkinät ja marjat panevat mahan toimimaan! Mutta olin niin väsynyt, että taisin nukahtaa sinne. Otin vain tupluurit. Kun heräsin, joku oli sammuttanut kaikki valot. Harhailin pitkään pimeässä, mutta lopulta löysin Spitfiren. Piti kyllä kiivetä parin muun koneen kautta, että pääsin sisään."

Ihme, että vaari edes oli hengissä! Katosta riippuvien vanhojen koneiden päällä kiipeily oli vaarallista valossakin.

"Ja mitä sitten tapahtui?" Jack kysyi uteliaana.

"Sitten ajattelin tehdä pienen kierroksen. Ylös, ylös korkeuksiin, ja niin edelleen. Kone ei lähtenyt käyntiin! Tankki varmaan tyhjä..." Vaarin ääni vaimeni, ja hänen kasvoilleen kohosi hämmentynyt ilme. "Sitten... sitten... kaipa minä nukahdin ohjaamoon. Pikku tupluurit taas."

"Niin tietysti, everstiluutnantti."

He istuivat hetken vaiti, kunnes Jack mursi hiljaisuuden. Rakkaus vaaria kohtaan hyökyi hänen lävitseen. "Kaikki olivat tosi huolissaan..."

Vaari tuhahti koko ajatukselle. "Ei minusta tarvitse huolta kantaa", hän naureskeli. "Minua ei herra Hitlerin Luftwaffekaan pysäytä. Ehei! Tämä vanha lentäjä on aina valmiina uusiin taistoihin!"

24

Kaappi puvussa

Scotland Yardissa vallitsi hämmennys. Kukaan ei oikein tiennyt, mitä tehdä merkilliselle vanhalle herralle, joka oli kiivennyt lentokoneeseen sotamuseossa.

Syyte oli kuitenkin vakava. Vahingonteko. Museon sekasortoisten tapahtumien seurauksena kolme vanhaa hävittäjää oli nyt perinpohjaisen korjauksen tarpeessa. Niinpä vaari vietiin kellarin kuulusteluhuoneeseen. Jack pyysi päästä mukaan. Hän selitti, että vaari meni joskus vähän sekaisin ja saattaisi tarvita hänen apuaan. Hän aprikoi, mitä vaarille seuraavaksi tapahtuisi. Joutuisiko hän oikeuteen? Vankilaan? Vaikeuksissa vaari ainakin oli, se oli varma. Kysymys kuului vain, miten suurissa vaikeuksissa.

Kuulusteluhuone oli pieni ja pimeä, ja kaikki siellä oli harmaata. Seinät. Pöytä. Tuolit. Katosta riippui hehku-

lamppu ilman varjostinta. Ikkunoita ei ollut, vain oves-
sa oli kapea aukko, josta ulkopuolella seisovat saattoivat
kurkistaa sisään.

He olivat istuneet huoneessa jo jonkin aikaa, kun
aukkoon ilmestyi neljä silmää.

Kuului avainten kalinaa, ja iso metalliovi heilahti
auki.

Oviaukossa seisoi kaksi siviiliasuista konstaapelia. Kuulustelun oli aika alkaa.

Toinen poliiseista oli poikkeuksellisen pitkä ja leveä: kaappi puvussa. Hänen lainvartijatoverinsa puolestaan oli laiha kuin tikku. Kaukaa häntä olisi voinut luulla biljardikepiksi.

Nyt miehet yrittivät astua yhtä aikaa aseman uumenissa olevaan kuulusteluhuoneeseen. Tietenkin he kiilautuivat oviaukkoon niin, että heidän huonosti istuvat harmaat pukunsa hieroutuivat toisiaan vasten.

"Jäin jumiin!" huusi isompi, konstaapeli Beef.

"Ei se minun vikani ole, *Kimberly*", sanoi laiheliini, konstaapeli Bone.

"Älä sano minua *Kimberlyksi* epäillyn kuullen!" Beef kuiskasi kovaäänisesti.

"Mutta *Kimberly* Beef, sinun nimesihän on *Kimberly*!"

"Älä hoe sitä!"

"Anteeksi, *Kimberly*! En sano sinua enää ikinä *Kimberlyksi, Kimberly.* Lupaan, *Kimberly*!"

"Sanot koko ajan!" Isompi konstaapeli ei selvästi pitänyt tyttömäisestä nimestään. Epäilemättä hän olisi halunnut, että nimi olisi ollut machompi, esimerkiksi Chad tai Kurt tai Brad tai Rock tai Zeus tai vaikka Macho.

Lopulta *Kimberly* onnistui tunkeutumaan sisään, ja samalla hänen työtoverinsa litistyi littanaksi.

"Sattuu!" Bone huusi.

"Anteeksi!" Beef sanoi.

Jack joutui pidättelemään naurua, kun kaksikko kom-

puroi huoneeseen. Sählätessään poliisit jättivät oven apposen auki ja avaimet lukkoon.

"Gestapo!" vaari suhisi Jackille.

"Minä hoidan nuo!"

Gestapo oli ollut Hitlerin pelätty salainen poliisi ja aivan toista maata kuin nämä toopet. Mutta kun vaari sai päähänsä jotain, hän ei luopunut käsityksestään, eikä Jack siksi ruvennut väittämään vastaan.

Kun tehoton parivaljakko oli oikonut vaatteensa ja suoristanut solmionsa, he istahtivat vaaria ja Jackia vastapäätä.

Sitten seurasi pitkä ja vaivautunut hiljaisuus. Kumpikin konstaapeli taisi odottaa, että toinen aloittaisi.

"Etkö aio sanoa mitään?" Beef kuiskasi lopulta leveästä suupielestään.

"Eikös me sovittu, että sinä puhut ensin?" Bone vastasi.

"Ai niin, niinhän me sovittiin. Sori." Tuli hiljaista. "Mutta en tiedä mitä sanoisin."

"Anteeksi hetkinen", Bone pahoitteli. Etsivät hymyilivät nolostuneina Jackille ja vaarille ja astahtivat kauemmas pöydästä. Jackin mielestä heidän touhunsa olivat huippuvitsikkäitä, kun taas vaari näytti äärettömän kummastuneelta.

Konstaapelit kumartuivat toistensa puoleen pienen harmaan huoneen nurkassa kuin rugbynpelaajat, jotka neuvottelevat taktiikasta. Bone antoi Beefille ohjeita.

"Kuule *Kimberly*, tästä on puhuttu ennenkin. Käytetään hyvä kyttä / paha kyttä -menetelmää. Se murtaa ne aina lopulta."

"Joo!"

"Hyvä!"

Beef mietti hetken. "Kumpi minä olinkaan?"

"Hyvä kyttä!" Bone alkoi jo vähän hiiltyä.

"Mutta minä tahdon olla paha kyttä", Beef vastusteli.
Hän oli ehdottomasti kaksikosta lapsellisempi.

"Minä olen AINA paha kyttä!" Bone sanoi.

"Epistä!" ulvoi Beef kuin lapsi, jolta isompi poika on
napannut jäätelön.

"Hyvä on, hyvä on!" Bone myöntyi. "Sinä saat olla
paha kyttä!"

"JES!" Beef iski voitonriemuisena nyrkillä ilmaa.

"Mutta vain tänään."

Jack alkoi käydä kärsimättömäksi ja huhuili pöydän
äärestä: "Anteeksi, meneekö tässä vielä kauan?"

"Ei ei ei. Tullaan ihan just", Bone vastasi ja kääntyi
työtoverinsa puoleen. "Minä siis aloitan. Olen hyvä kyttä,
joten sanon jotain kilttiä, ja sitten sinä sanot jotain ilkeää,
koska olet paha kyttä."

"Selvä!" Beef vastasi.

Konstaapelit palasivat paikoilleen itsevarmoin aske-
lin. Laiheliini aloitti.

"Kuten tiedätte, vahingonteko on vakava syyte. Mut-
ta muistakaa, että me olemme ystäviä. Me haluamme aut-
taa. Haluamme vain että kerrotte, mitä niiden hävittäjien
kanssa oikein tapahtui."

"Niin", Beef säesti. "Olisitteko niin kivoja."

Konstaapeli Bone **ähkäisi** tuskissaan.

25

Syvemmälle soppaan

Kuulusteluhuoneessa ei tilanne edennyt suunnitelmien mukaisesti. Konstaapeli Bone raahasi konstaapeli Beefin takaisin nurkkaan. "Höntti! Sinun piti olla paha kyttä! Et voi sanoa, että olisitteko niin kivoja."

"En vai?" Beef kysyi kummissaan.

"ET! Sinun pitää olla uhkaava."

"Uhkaava?"

"NIIN!"

"En tiedä pystynkö olemaan uhkaava. Hankalaa olla uhkaava, jos nimi on *Kimberly*."

"Tuskinpa nuo tietävät että nimesi on *Kimberly*."

"Olet sanonut sen ainakin sata kertaa!" Beef huudahti.

"Ai niin. Anteeksi, *Kimberly*", Bone vastasi.

"Sanoit sen taas!"

"Pahoittelut, *Kimberly*."

"Ja taas!"

"Lupaan, ettei tämä toistu, *Kimberly*."

"Lakkaa hokemasta minun nimeäni! Ehkä on sittenkin parasta, että minä olen hyvä kyttä."

"Mutta juurihan sanoit, että haluat olla paha kyttä!"

"Tiedän..." Beef näytti hyvin nololta. "Mutta haluan sittenkin vaihtaa. Olisitko niin kiva?"

Bone suostui kiireesti. Kuulustelu oli muuttumassa ilveilyksi. "Hyvä on, hyvä on. Tehdään niin kuin tahdot. Ole sinä, *Kimberly*, hyvä kyttä, niin minä olen paha kyttä."

"Kiitos. Ja voisitko kiltti muistaa, ettet enää sano minua *Kimberlyksi* epäillyn edessä?"

"Anteeksi, sanoinko sinua taas *Kimberlyksi*?"

"Sanoit", Beef vastasi.

"Anteeksi, *Kimberly*", Bone sanoi.

Jack ei pystynyt enää pidättelemään naurua, joka karkasi hänen suustaan.

"Hahhaa!"

"Mikäs nyt naurattaa?" Beef kysyi kiukkuisesti.

"Ei mikään, *Kimberly*!" Jack tirskui.

Kimberly näytti niin raivokkaalta kuin *Kimberly*-niminen ihminen ylipäätään voi näyttää. "Nyt ne tietävät, että minun nimeni on *Kimberly*! Ja se on sinun syysi!"

Bone ei suostunut ottamaan syytä niskoilleen. "Minusta varsinaiset syylliset ovat kyllä sinun vanhempasi, kun ristivät sinut *Kimberly* Beefiksi. Miksi ihmeessä ne antoivat sinulle tytön nimen?"

"Ei *Kimberly* ole tytön nimi!" Beef huusi. "Se on sukupuolineutraali!"

Muita niin sanotusti sukupuolineutraaleja nimiä, joita
herra ja rouva Beef olisivat voineet antaa pontevalle pojal-
leen, ovat:

Alice
Carol
Darryl
Hayley
Jordan
Lindsay
Marion
Meredith
Paris
Sandy
Stacy
tai Tracy

"Tietysti se on sukupuolineutraali, *Kimberly*-
nimisiä miehiä tulee vastaan taukoamatta", mutisi kons-
taapeli Bone ja kokosi sitten itsensä. "Kuule, meidän pitää
nyt hoitaa tämä kuulustelu."

"Joo. Joo. Sori."

"Ja muista, että olet nyt hyvä kyttä, eli yritä käyttäytyä kiltisti."

"Joo joo joo, minä olen hyvä kyttä. Hyvä kyttä hyvä kyttä hyvä kyttä", Beef toisteli yhä uudelleen kuin mantraa, ettei vain unohtaisi.

"Nyt hommiin!" Bone sanoi itsevarmasti.

"Ehdinkö vielä käväistä pissalla?" Beef kysyi.

"Et! Minähän käskin käymään ennen kuin aloitettiin!"

"Mutta silloin minulla ei ollut hätä!"

"Pitää vain pidättää!"

"Miten?"

"Panet jalat ristiin tai jotain! Äläkä missään tapauksessa ajattele lorisevaa puroa!"

"Nyt en pysty ajattelemaan mitään muuta kuin lorisevaa puroa!"

"Konstaapeli Beef! Saat meidät molemmat näyttämään erittäin epäammattimaisilta!"

192

"Anteeksi!"

"Meidänhän pitäisi olla Scotland Yardin parhaat konstaapelit!"

"Parhaat!"

"Eli hommiin!"

Beef ja Bone marssivat pöydän ääreen entistä määrätietoisempina.

"Selvä..." Beef aloitti, "...haluaisitteko tulla meille illalliselle?"

Jack ja vaari katsoivat toisiaan epäuskoisina. "*Kimberly*, nyt olet liian kiltti!" Bone huusi.

"Itse käskit olla hyvä kyttä!"

"Ei silti tarvitse olla niin kiltti, että kutsuu ne illalliselle."

Bone tuumaili hetken. "Lounaalle sitten?"

"EI!"

"Aamukahville?"

"EI! Kuule, *Kimberly*..."

"Älä sano minua *Kimberlyksi*..."

"*Kimberly*, anna minun hoitaa kuulustelu tästä eteenpäin. Sopiiko?"

Beef aloitti valtavan murjotuksen. Murjotus oli niin valtava, että hän kieltäytyi puhumasta, nyökkäilemästä ja katsomasta ketään silmiin. Hän vain kohautteli olkapäitään.

Bone iski teräksenkovan katseensa vaariin ja jatkoi omin päin. "Kolme korvaamattoman arvokasta lentokonetta vahingoittui tänään pahasti. Voisitteko selittää?"

"Ei se tarkoittanut mitään pahaa!" Jack huusi. "Se oli pelkkä vahinko! Ihan tosi!"

"Olette ollut kovin hiljaa, hyvä herra, miten puolustaudutte?" Bone tivasi.

Jack vilkaisi isoisäänsä. Aikoiko vaari sanoa jotain, mikä tipauttaisi hänet entistä

syvemmälle

soppaan?

26

Roolit vaihtuvat

Alhaalla Scotland Yardin kuulusteluhuoneessa Jack katsoi hermostuneesti isoisäänsä. Mitä vaari sanoisi? Vaari oikoi kuninkaallisten ilmavoimien kravattiaan ja katsoi konstaapeli Bonea suoraan silmiin. "Minulla on kysymys...!" hän julisti.

"Mitä sinä oikein teet?" Jack kuiskasi.

"Gestapon voi päihittää vain pelaamalla sen omaa peliä", vaari kuiskasi.

"Ei! Te ette esitä kysymyksiä meille! Ei tämä sillä tavalla mene", vastasi Bone aavistuksen epäuskoisella äänellä.

Konstaapeli ei tiennyt, että vaaria ei niin vain hiljennetty. "Mikä on operaatio Merileijonan aloituspäivä?" vaari tivasi.

"Minkä operaation?" Beef kysyi.

"Älkää pelleilkö minun kanssani! Tiedätte pahuksen hyvin, mistä puhun!" vaari huusi, nousi seisomaan ja alkoi harppoa edestakaisin.

Konstaapelit katsoivat toisiaan. He olivat vielä pahemmin sekaisin kuin vaari. Heillä ei ollut aavistustakaan, mistä vaari puhui. "Ei kyllä tiedetä", Bone vastasi.

"Ette koskaan voita tätä sotaanne. Voitte sanoa sellaisia terveisiä kaverillenne Hitlerille!"

"En ole tavannutkaan koko tyyppiä!" Beef purnasi.

"Kumpikaan teistä ei poistu tästä huoneesta ennen kuin kerrotte maahyökkäyksen alkamispäivän!"

Koska vaari oli entinen ilmavoimien upseeri, hänessä oli luontaista arvovaltaa. Roolit olivat vaihtuneet, ja konstaapelit kyyristelivät pelokkaina. Jack oli vaikuttunut.

"Mutta olen luvannut mennä pelaamaan sulkapalloa illalla..." Bone mankui.

Vaari lopetti harppomisen ja nojasi pöytään. Hän työnsi naamansa lähelle Bonea ja Beefia. Vaikka hän oli vanha, hän oli ylväs näky. "Ette lähde täältä ennen kuin olette puhuneet!"

"Minun on ihan pakko päästä pissalle!" Beef aneli.

"Kohta tulee housuun." Miesparka oli selvästi purskah-
tamaisillaan itkuun.

"KERTOKAA OPERAATIO MERILEIJONAN ALKAMIS-PÄIVÄ!"

"Mitä tehdään?" Beef kuiskasi.

"Sanotaan vain jotain!" Bone vastasi.

He vastasivat vaarille täsmälleen samalla hetkellä.

"Maanantai!" "Torstai!"

Tästä oli se seuraus, että he vaikuttivat valehtelijoilta. Ja valehtelijoita he tietysti olivatkin.

"Tule, majuri!" vaari komensi, ja Jack nousi ja otti asennon. "Jätetään nuo tänne hikoilemaan. Palaamme aamulla!" Vaari kääntyi kohti poliiseja. "Sitten kyllä kerrotte totuuden, sillä muuten tulee tupenrapinat!"

Sen sanottuaan vaari marssi jykevälle metalliovelle, ja Jack kipitti hänen kannoillaan. Konstaapelit tuijottivat heitä typertyneen hiljaisuuden vallassa. Jack teki nopean päätöksen, nappasi avaimet lukosta ja veti oven kiinni heidän perässään. Hänen sydämensä jyskytti, kun hän kiersi avainta niin että konstaapelit jäivät telkien taa.

KLIK.

Samalla hetkellä konstaapelit tajusivat, että heitä oli huijattu. He ryntäsivät ovelle ja yrittivät saada sitä auki. Liian myöhään. He alkoivat paukuttaa ovea apua saadakseen.

"Hienosti toimittu. No niin... juostaan!" Jack sanoi ja nyki vaaria hihasta.

"Vielä yksi juttu", vaari vastasi. Hän liu'utti oviluukun auki ja huusi aukosta:

"*Kimberly* on muuten ilman muuta naisen nimi!"

Sitten Jack ja vaari rynnistivät käytävää pitkin portaisiin ja ulos Scotland Yardista.

27

Vihollislinjojen takana

Ilmavoimissa saamansa koulutuksen ansiosta vaari osasi välttää vangiksi jäämistä vihollislinjojen takana. Se taito piti jokaisen lentäjän hallita. Aina oli vaara, että kone ammuttaisiin alas miehitetyllä alueella.

Vaari ja Jack pysyttelivät poissa pääteiltä ja katulamppujen valosta. Kun oli tarpeeksi pimeää, he kiipesivät muurin yli lontoolaiselle rautatieasemalle ja asettuivat oikeaan suuntaan menevän junan katolle. He ajoivat junalla kotiin saakka umpijäässä ja pidellen kiinni henkensä edestä.

"M-m-miksi m-m-meidän p-p-pitää olla t-t-täällä?" Jack kysyi hytisten.

"Gestapo etsii meitä, ja jos yhtään niitä tunnen, ne ovat jo nousseet junaan ja alkaneet tarkastaa matkusta-

jien henkilöpapereita. Täällä olemme paremmassa tur-
vassa."

Juuri silloin Jack huomasi, että vaarin selän takana
häämötti tunnelin suuaukko.

"M-m-maahan!" hän huusi.

Vaari vilkaisi taakseen ja heittäytyi litteäksi Jackin
viereen. Viime hetkellä. Kun he olivat ajaneet ulos tunne-
lista, vaari kömpi polvilleen. "Kiitos, majuri!" hän sanoi.

"Täpärä tilanne!"

Samalla hetkellä puunoksa iski häntä takaraivoon.

TVÄKS!

"Au!"

"Sattuiko pahasti?"

"Kaikki hyvin, kuomaseni", vaari vastasi. "Pahuksen
vihollinen, kun pani tuon helkutin oksan tuohon!"

Jack oli melko varma, ettei herra Hitler natsitoverei-
neen ollut koskenutkaan oksaan, mutta hän antoi asian
olla.

Oli jo melkein keskiyö, kun he viimein tulivat ase-
malle. Pian he olivat vaarin kotikadulla. Heidän suunni-
telmanaan oli piiloutua vähäksi aikaa vaarin asuntoon.

Sotamuseon ja poliisiaseman tapahtumien jälkeen Jackista tuntui, ettei kotiin ollut menemistä.

Yllättäen Rajin kaupassa oli valot päällä. Raj oli vielä hereillä ja veti sisään seuraavan päivän sanomalehtinippuja, jotka oli juuri jätetty oven ulkopuolelle. Jack tiesi, että Rajiin saattoi luottaa. Ja hyvä niin, sillä nyt hän ja vaari pakenivat poliisia.

"Raj!" Jack huusi.

Raj tähyili pimeyteen. "Kuka siellä?"

Kaksikko hiippaili lähemmäs. He pysyttelivät seinänvierustoilla ja välttivät valoja. Kesti hetken ennen kuin Raj näki heidät.

"Jack! Herra Bumting! Säikäytitte pahan kerran!"

"Anteeksi, ei ollut tarkoitus. Ei vain haluta, että kukaan näkee meitä", Jack sanoi.

"Miksi?"

"Pitkä juttu, char wallah!" vaari sanoi. "Odotan kovasti, että pääsen kertomaan sen sinulle tuopin ääressä upseerimessissä."

"Onpa hienoa että olet löytynyt elävänä ja terveenä!" Raj huudahti.

Kadulle kääntyi auto. Sen ajovalot kohdistuivat hei-
hin.

"Pitäisi mennä sisään..." Jack sanoi.

"Aivan, tottahan toki", Raj sanoi. "Sisään, sisään. Ja
tuokaa lehtipino mukananne, kiitos!"

28

Kallis puhelu

Raj avasi kauppansa oven ja viittasi Jackia ja vaaria tule-
maan sisään. Kun he olivat hänen valtakunnassaan, hän
kehotti vaaria istuutumaan lehtipinon päälle. "Olepa hyvä."

"Oikein ystävällistä, char wallah."

"Onko nälkä? Jano? Nuoriherra Bumting, ota vain
kaupasta mitä mielit."

"Ihan tosi?" Jack sanoi. Aikamoinen tarjous kaksitoista-
vuotiaan pojan silmissä! "Ai ihan mitä vain?"

"Ihan mitä vain!" Raj huudahti. "Te kaksi olette
lempiasiakkaani koko maailmassa. Siitä vain, siitä vain,
tehkää hyvin. Ottakaa mitä vain mieli tekee."

Jack hymyili. "Kiitos tosi paljon." Päivän seikkailujen
jälkeen hän kaipasi kipeästi syötävää ja juotavaa. Niinpä
hän valitsi itselleen ja vaarille yhtä ja toista. Pussillisen sip-
sejä, pari suklaalevyä ja kaksi pillimehua.

Yllättäen Raj alkoikin lyödä tuotteita kassaan. "Yksi punta ja seitsemänkymmentäviisi pennyä, kiitos."

Jack huokaisi, kaivoi taskusta kolikoita ja laski ne tiskille.

"Tässä."

"Herra ja rouva Bumting kävivät täällä pari tuntia sitten. Kyselivät, onko teitä näkynyt. Olivat selvästi hyvin huolissaan."

"Voi ei." Kaiken jännityksen keskellä Jack ei ollut ajatellut ollenkaan vanhempiaan, ja nyt hänellä oli hirvittävän syyllinen olo. "Pitää varmaan soittaa niille. Saanko käyttää puhelintasi?"

"Totta kai!" Raj sanoi ja asetti puhelimen tiskille. "Sinä saat soittaa veloituksetta!"

"Kiitos", Jack sanoi.

"Kunhan puhut lyhyesti. Neljä, viisi sekuntia, jos sopii."

"Yritetään." Jack katsoi vaaria, joka mutusteli tyytyväisenä suklaata ja mumisi suupalojen välissä: "Mainiota muonaa sinulla, char wallah."

"Ikävää, että keksit ovat lopussa", Raj vastasi. "Dhriti-

täti murtautui tänne viime yönä ja onnistui syömään nel-
jä rasiallista. Rouskutti rasiatkin samaa kyytiä."

"Äiti! Minä tässä!" Jack sanoi luuriin.

"Missä sinä olet ollut?" äiti sanoi. "Me ollaan isäsi
kanssa ajeltu koko päivä ja ilta etsimässä sinua!"

"Voin selittää –" Jack ei saanut lausetta loppuun, kun äiti jo keskeytti.

"Opettajasi, neiti Verity, soitti ja kertoi mitä sotamuseossa tapahtui. **Rikoit Spitfiren!**"

"Ei se ollut minun syyni. Jos vartija ei olisi ollut niin painava –"

Äitiä ei huvittanut kuunnella.

"Ei selityksiä! Opettaja sanoi, että vaarisi oli jollain ilveellä ilmestynyt museoon! Ja että poliisi pidätti hänet! Mutta kun minä ja isäsi menimme Scotland Yardiin, siellä sanottiin, että te kaksi olitte **karanneet!**"

"No joo ja ei. Itse asiassa me vain käveltiin ulos..."

"HILJAA! MISSÄ TE OLETTE NYT?"

Raj puuttui puheeseen. "Voinko ystävällisesti pyytää, että äitisi soittaisi takaisin? Olette puhuneet jo minuutin ja kolmekymmentäkahdeksan sekuntia, ja tämä alkaa käydä kalliiksi!"

"Äiti! Raj pyytää että soitat tänne."

"Vai olette te Rajin kaupassa? PYSYKÄÄ

SIELLÄ! OLEMME TULOSSA!"

Äiti paiskasi luurin alas.

KLIK!
HURR.

Jack nosti katseensa ja tajusi, että Raj oli tuijottanut kelloaan koko ajan. "Minuutti ja neljäkymmentäkuusi sekuntia. Tsot-tsot."

"Äiti sanoi, että ne ovat tulossa hakemaan meitä."

"Mainiota!" Raj sanoi. "Saanko odotellessa suositella, että selaatte upouusia joulukortteja talon piikkiin?"

"Ei kiitos – nyt on tammikuu."

"Tämä on erityisen jouluinen", Raj sanoi ja näytti Jackille valkoista korttia, joka oli typötyhjä.

Jack tuijotti ensin korttia ja sitten Rajta. Hetken hän jo luuli, että miesparka oli menettänyt järkensä. "Eihän tässä ole kuvaa."

"Ei ei ei, nyt kyllä erehdyt. Itse asiassa tässä on lähikuva lumesta. Täydellinen joulunajan kortti. Punnalla saat kymmenen. Ja on minulla toinenkin erikoistarjous..."

"Tietysti on", Jack mumisi.

"Jos otat tuhat korttia, voin sopia hyvän hinnan!"

"Ei kiitos!" Jack vastasi kohteliaasti.

Raj kuitenkin rakasti tinkimistä. "Kaksituhatta?"

Yhtäkkiä ulkoa kuului poliisiautojen sireenin ulvonta.

"Vihollinen" lähestyi.

29

Varjomainen hahmo

Aluksi sireenien ääni tuntui kantautuvan kaukaa, mutta se voimistui nopeasti. Metelistä päätellen Rajin kauppaa lähestyi kokonainen poliisiautokolonna. Jack katsoi Rajta syyttävästi.

"En minä niitä kutsunut! Vannon sen", Raj sanoi.

"Äiti varmaan kutsui!" Jack sanoi. Nyt ei ollut aikaa hukattavaksi. Jack tarttui vaaria käsivarresta ja kiskoi hänet ovelle. "Everstiluutnantti, meidän pitää lähteä. HETI!"

Mutta kun he rynnistivät ulos pimeyteen, oli jo myöhäistä. Heidät oli piiritetty.

Jarrut kirskuivat, kun kymmenkunta poliisiautoa saartoi heidät puoliympyrään. Valot olivat sokaisevia, meteli korviahuumaavaa.

"Kädet ylös!" yksi poliisi huusi.

Jack ja vaari tekivät työtä käskettyä.

"Minut passitetaan suorinta tietä sotavankileirille. Joudun tietysti Colditzin linnaan. Pidä huoli itsestäsi, kuomaseni! Nähdään tuossa tuokiossa!" vaari kuiskasi.

Raj tuli heidän perässään. Hän oli sitonut valkoisen nenäliinansa suklaapatukkaan ja heilutti sitä kuin antautumislippua. "Pyydän, älkää ampuko! Olen juuri somistanut näyteikkunan."

Äiti ja isä olivat ilmeisesti saapuneet poliisiauton kyydissä, sillä he ampaisivat saartorenkaan läpi.

He juoksivat suoraan poikansa luo ja halasivat häntä.

"Oltiin kamalan huolissamme!" isä sanoi.

"Anteeksi", Jack sanoi. "Ei ollut tarkoitus huolestuttaa."

Jackin näkeminen oli saanut äidin vähän leppymään, ja hän sanoi: "Huolestutit silti!"

"Mitä vaarille tapahtuu?" Jack kysyi. "Ei sitä saa panna vankilaan."

"Ei", äiti sanoi. "Sitä ei halua kukaan. Ei edes poliisi. Soitin sille mukavalle kirkkoherralle. Vaarilla on onnea.

Kuin ihmeen kaupalla **Illankajon linnan** vanhan-
kodista on järjestynyt paikka."

Samalla hetkellä yhdestä poliisiautosta ilmestyi var-
jomainen hahmo. Koska hän seisoi vasten kirkkaita valo-
ja, Jack erotti hänestä ensin ainoastaan siluetin. Nainen
oli vanttera, hänellä näytti olevan sairaanhoitajan hilkka
ja olkapäillä viitta.

"Kuka sinä olet?" Jack kysyi.

Hahmo lähestyi heitä hitain askelin. Hänen korkea-
korkoiset kenkänsä kopsahtelivat kylmällä märällä kadul-
la. Kun hän viimein tuli heidän luokseen, hänen naaman-
sa vääntyi hymyn irvikuvaan. Hänen silmänsä olivat pie-
net ja ilkeät, ja nenä oli pysty, aivan kuin hän olisi paina-
nut sitä ikkunalasia vasten.

"Ahaa! Sinä olet varmaankin nuori Jack!" nainen
sanoi pirteästi. Hänen äänensä oli kevyt, mutta Jack kuu-
li sanojen takana vaanivan pimeyden. "Viehättävä pastori
Hogg soitti minulle. Kirkkoherra ja minä olemme hyvin
läheisiä. Kannamme yhdessä huolta kaupungin ikäihmi-
sistä."

"Kysyin, kuka sinä olet", Jack sanoi.

"Nimeni on neiti Swine, olen **Illankajon lin–nan** ylihoitaja. Ja olen tullut hakemaan isoisääsi", nainen hyrisi.

OSA II

ELÄMÄN JA KUOLEMAN KYSYMYS

30

Illankajon linna

Sinä yönä vaari vietiin **Illankajon linnaan.** Poliisi suostui luopumaan syytteistä vain sillä ehdolla, että hänet passitettaisiin hoitoon.

Jack ei tietenkään pystynyt nukkumaan ollenkaan. Mielessä pyöri vain vaari. Heti kun koulu oli loppunut, hän huristeli **Illankajon linnaan** kolmipyöräisellään. Hän polki niin kovaa kuin jaksoi, sillä hän halusi kiihkeästi nähdä vaarin eikä toisaalta todellakaan halunnut, että joku koulukaveri näkisi hänet pikkulapsen pyörän selässä. Hän säästi rahaa hankkiakseen chopperin, joka näytti enemmän moottori- kuin polkupyörältä, mutta toistaiseksi rahat olisivat riittäneet vain yhteen polkimeen.

Illankajon linna oli melko kaukana kaupungin keskustasta. Kun pienten talojen rivit päättyivät, alkoivat

nummet. Yhden kukkulan laella kohosi vanha rakennus.
Se oli korkean muurin ja portin takana ja näytti pikem-
minkin vankilalta kuin vanhainkodilta. Se ei todellakaan
ollut mikään Disneyland.

Jack rytyytti kolmipyöräisellään hiekkatietä. Portilla
hän pysähtyi. Portti oli jykevää metallia, ja sen päällä oli
piikkejä. Siihen oli taottu koristeelliset kirjaimet I ja L,
Illankajon linna. Portin edustalla oli kyltti, jossa luki:

Paikka oli avattu vasta äskettäin. Kaupungin edelli-
nen vanhainkoti – "Päivänpaisteen paikka" – oli tuhou-
tunut selittämättömässä onnettomuudessa, johon liittyi
karannut puskutraktori. Kuningatar Viktorian aikaan
Illankajon linna oli itse asiassa ollut mielisairaala.
Se oli korkea tiilirakennus, jossa oli pikkiriikkiset ikku-
nat. Kaikissa ikkunoissa oli kalterit. Vaikka sitä sanottiin
vanhainkodiksi, se oli niin uhkaava ettei siitä olisi ollut

kodiksi kenellekään. Rakennuksessa oli neljä kerrosta, ja katolla oli korkea kellotorni.

Pihan molemmissa päissä oli lisäksi vastikään rakennetut vartiotornit. Niiden huipulla oli suunnattomat valonheittimet, joita käsittelivät isot ja jykevät hoitajat. Oli epäselvää, oliko turvatoimien tarkoitus pitää tunkeilijat poissa vai asukit sisällä.

Jack ravisteli porttia nähdäkseen, oliko se lukossa.

RITSIS

Hänen lävitseen kulki sähkövirta.

"Argh!" Hänestä tuntui kuin hän olisi kääntynyt ylösalaisin nurinpäin ympäri. Hän tempaisi kätensä irti portista ja meinasi oksentaa.

"KUKA SIELLÄ?" kajahti megafonista kumea ääni. Jack räpytteli kivun kyyneliä silmistään ja näki, että huutaja oli vartiotornissa seisova hoitaja.

"Jack."

"JACK KUKA?" Megafoni sai hoitajan äänen kuulostamaan robottimaisen mekaaniselta.

"Jack Bunting. Olen tullut katsomaan vaaria."

"Vierastunti on vain sunnuntaisin. Tule silloin takaisin."

"Mutta olen pyöräillyt koko matkan..." Jackista oli käsittämätöntä, että häntä ei päästetty sisään. Hänhän halusi vain olla hetken vaarin kanssa.

"Muina päivinä vierailijoilla on oltava *Illankajon linnan* ylihoitajan lupa."

"Minulla on!" Jack valehteli. "Näin neiti Swinen illalla, ja se pyysi käymään tänään."

"ASTU PORTISTA JA ILMOITTAUDU VASTAANOTTOTISKILLÄ."

SU<small>R</small>R!

KLINK!

Portti avautui automaattisesti, ja Jack pyöräili hitaasti pihalle.

Soratietä oli hankala polkea etenkin kolmipyöräisellä, joka oli tarkoitettu pikkulapselle.

Viimein Jack tuli jykevälle puuovelle. Soittaessaan kelloa hän tajusi, että kädet vapisivat.

KLIK KLAK KLIK KLIK.

Oven avaaminen kesti kauan, siinä oli varmaan kymmenen erilaista lukkoa.

KLAK KLIK KLIK KLIK KLAK KLIK KLIK.

Lopulta oven avasi iso ja järeä hoitaja. Hänellä oli paksut karvaiset jalat, kultahammas ja käsivarressa pääkallotatuointi. Kaikesta tästä huolimatta hänellä oli nimilaatta, jossa luki "Hoitaja Kukka".

"TÄH?" hoitaja sanoi möreällä äänellä. Maailmassa ei voinut olla toista ihmistä, jolle nimi Kukka olisi sopinut huonommin.

"Päivää!" Jack sanoi kohteliaasti. "Voisitkohan auttaa minua."

"MITÄ TAHDOT?" hoitaja Kukka

tivasi.

"Olen tullut katsomaan isoisääni Arthur Buntingia. Hän tuli tänne eilen."

"TÄNÄÄN EI OLE VIERAILUPÄIVÄ!"

"Joo, tiedän, mutta tapasin eilen tämän paikan johtajan, ihastuttavan neiti Swinen, ja mietin, saisinko vaihtaa pari sanaa hänen kanssaan."

"ODOTA SIINÄ!" hoitaja

sanoi ja pamautti raskaan tammioven päin Jackin naamaa. **"YLIHOITAJA!"** kuului huuto oven takaa.

Sitten seurasi niin pitkä odotus, ettei Jack enää uskonut kenenkään tulevan. Lopulta hänen korviinsa kantautui raskaita askelia, ovi heilahti auki ja sen takaa paljastui **TOSI PELOTTAVA NÄKY.**

31

Maailman rumimmat hoitajat

Oviaukossa seisoi **Illankajon linnan** ylihoitaja. Hän oli lyhyt, hänellä oli hoitajan hilkka päässä ja vierellään kaksi uskomattoman järeää hoitajaa, joiden rinnalla hän näytti pikkuruiselta. Toisella hoitajalla oli musta silmä ja rystysissä tatuoinnit **PAHA** ja *Ayvä*. Toisella oli kaulassa hämähäkinverkkotatuointi ja leuassa jotain sängen tapaista. Molemmat tuijottivat Jackia kiukkuisesti. Heitä rumempia hoitajia oli mahdoton edes kuvitella. Jack vilkaisi heidän nimilaattojaan: "Hoitaja Ruusu" ja "Hoitaja Nuppu".

Neiti Swine pyöritteli kädessään kapinetta, joka näytti aivan pampulta. Hän naputteli sillä kämmentään. Vaikutelma oli hiljaisen uhkaava. Pampun toisessa päässä oli kaksi pientä metallipiikkiä ja toisessa nappi. Mikä ihmeen laite se oikein oli?

"Jaa, jaa, jaa... tapaamme taas. Hyvää päivää, nuori Jack", neiti Swine hyrisi.

"Hyvää päivää, ylihoitaja. Hauska tavata taas", Jack valehteli. "Hauska nähdä teitäkin, neidit", hän valehteli taas.

"Meillä on kiire hoitaa **Illankajon linnan** vanhuksia. Mitä tahdot?"

"Tahdon nähdä vaarin", Jack vastasi.

Pyyntö sai hoitajat naureskelemaan. Jack ei voinut käsittää, mitä hassua siinä oli.

"Olen kovin pahoillani, mutta se ei ole mahdollista juuri nyt", neiti Swine vastasi.

"M-m-miksi?" Jack kysyi hermostuneena.

"Vaarisi on nokkaunilla. Minun vanhukseni nauttivat kovasti nokkaunista. Et kai halua häiritä? Sehän olisi aika itsekästä, eikö?"

"Olen ihan varma, että jos vaari tietäisi minun olevan täällä, se haluaisi nähdä minut. Olen sen ainoa lapsenlapsi."

"Outo juttu. Isoisäsi ei ole maininnut sinua kertaakaan tänne tulonsa jälkeen. Ehkä hän on jo tykkänään unohtanut sinut."

Jos ylihoitajan tarkoitus oli satuttaa Jackia, niin siinä hän onnistui.

"Olkaa kilttejä!" Jack aneli. "Haluan vain nähdä vaarin. Haluan nähdä, että sillä on varmasti kaikki hyvin."

"Viimeisen kerran, isoisäsi on nokkaunilla!" ylihoitaja sanoi, ja hänen kärsivällisyytensä alkoi pettää. "On juuri ottanut pillerinsä."

"Pillerinsä? Mitkä pillerit?" Jack ei ollut tiennyt, että vaari tarvitsi pillereitä. Itse asiassa vaari oli aina kieltäytynyt kaikista lääkkeistä ja sanonut olevansa "terve kuin pukki".

"Olen itse määrännyt hänelle pillereitä, jotka auttavat nukahtamisessa."

"Mutta kellohan on tosi vähän. Ei sen tarvitse vielä mennä nukkumaan. Ei vielä ole vaarin nukkumaanmenoaika. Minä haluan nähdä sen!" Jack heittäytyi eteenpäin päästäkseen ohi. Hoitaja Ruusu torjui hänet ripeästi. Ruusu tarttui hänen naamaansa isolla karvaisella kädellään ja viskasi hänet pois kuin pallon. Jack kompuroi soratielle ja putosi takamuksilleen. Hoitajat nauroivat makeasti.

"HAH! HAH! HAH! HAH! HAH! HAH! HAH! HAH! HAH! HAH! HAH! HAH! HAH! HAH! HAH! HAH! HAH! HAH! HAH! HAH! HAH! HAH! HAH! HAH! HAH! HAH! HAH! HAH! HAH! HAH! HAH! HAH! HAH! HAH! HAH! HAH! HAH! HAH! HAH! HAH!"

Jack kömpi pystyyn. "Tästä ette selviä! Vaadin saada tavata vaarin heti paikalla!"

"Vanhusten hyvinvointi on täällä **Illankajon lin-nassa** ykkösasia", neiti Swine julisti. "Päiväjärjestys on siis tiukka. Ja kuten näet, vierailuajat ovat tässä..." Hän osoitti pampullaan seinällä olevaa kylttiä.

Siinä luki:

Illankajon linna

AUKIOLOAIKA:

SUNNUNTAISIN KLO 15–15.15

MYÖHÄSTYNEET EIVÄT PÄÄSE SISÄÄN.

MUINA AIKOINA VIERAILIJOILTA

EHDOTTOMASTI PÄÄSY KIELLETTY.

"Mutta eihän se kestä edes tuntia!" Jack purnasi.

"**Yhyy**", neiti Swine vastasi ja hymyili sitten häijysti. "No niin, suothan anteeksi, minun on ajateltava vanhuksiani. Eihän sovi, että ilkeä ja itsekäs pikkulapsi pilaa kaiken? Vai mitä hoitajat?"

"Ei sovi", hoitajat vastasivat yhteen ääneen.

"Saattakaa nuori herra pois alueelta."

"Sen teemme." Järeät hoitajat astuivat eteenpäin. Yhdessä he tarttuivat Jackia käsivarsista. He kantoivat Jackin vaivattomasti soratietä portille. Jack yritti potkia, mutta hoitajat olivat niin isoja ja vahvoja, ettei hän mahtanut heille mitään.

Ylihoitaja katsoi heidän peräänsä. Hän hymyili itsekseen, vilkutti ja huusi Jackille:

"On jo ikävä! Tule taas pian katsomaan meitä!"

32

Itkupaju

Hoitaja Ruusu ja hoitaja Nuppu pudottivat Jackin portin ulkopuolelle kuin roskapussin. Kolmipyöräinen lensi perässä ja putosi kolisten maahan.

KLANK!

Valtava metalliportti hurisi kiinni.

KLONK!

Hoitajat katsoivat portin takaa, kun Jack nousi, asettui pyörän selkään ja lähti polkemaan.

Taivas punersi jo, sillä aurinko oli laskemassa. Kohta olisi yö. Koska **Illankajon linna** oli nummen laidalla, katulamppuja oli harvassa. Pian olikin pimeää. Kunnolla pimeää niin kuin maalla on.

Jonkin aikaa poljettuaan Jack katsoi olkansa yli. **Illankajon linna** oli jo kaukana, ja koska hän ei enää nähnyt hoitajia, hekään eivät nähneet häntä.

Jack oli päättänyt tavata vaarin ja sillä siisti. Sitä paitsi oli selvää, ettei neiti Swineen ja hänen hoitajajengiinsä voinut luottaa. Päästyään metsikköön Jack hyppäsi kolmipyöräisen selästä, piilotti sen pensaan alle ja peitti oksilla – juuri niin kuin vaari oli kertonut ilmavoimien piilottaneen Spitfirensa taivaalla lentäviltä viholliskoneilta.

Jack hiippaili hitaasti takaisin pelottavan vanhainkodin luo. Hän pysytteli poissa tieltä ja eteni **Illankajon linnaa** ympäröivien nummien poikki. Vain kuu valaisi hänen kulkuaan, mutta viimein hän tuli muurin luo. Se kohosi korkealle hänen yläpuolelleen, ja sen huipulla luikerteli piikkilankaa. Yli oli mahdoton kiivetä, joten nyt oli pakko ajatella. Nopeasti.

Muurin vieressä kasvoi itkupaju, josta kurkotti kaksi oksaa **Illankajon linnan** pihalle. Oli vain yksi pulma: paju oli molempien vartiotornien näköpiirissä. Niiden huipulla oli valonheittimet, joiden valtavat keilat pyyhkivät pihaa. Tästä tulisi vaarallista. Jackia pelotti. Hän ei ollut elämässään uskaltanut tehdä mitään tällaista.

Hän alkoi kiivetä puuhun hitaasti mutta varmasti. Hommaa helpotti, että oli talvi eikä puussa ollut lehtiä. Hilauduttuaan runkoa ylös hän alkoi hivuttautua oksaa pitkin eteenpäin. Mutta sitten tapahtui kamalia: oksa taipui hänen painonsa alla ja säikäytti sillä kykkineen korppiparven.

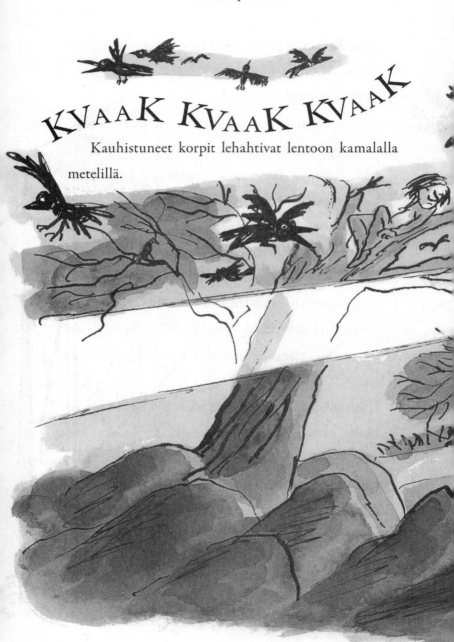

KVAAK KVAAK KVAAK

Kauhistuneet korpit lehahtivat lentoon kamalalla metelillä.

Valonheittimen keila kiersi pimeyttä ja pysähtyi puu-
hun.

Jack piiloutui rungon toiselle puolelle niin nopeasti kuin pystyi. Hän painautui runkoa vasten ja seisoi liikkumatta kuin patsas.

Valo jäi joksikin aikaa paikoilleen mutta jatkoi vihdoin matkaa. Nyt tornien huipulla vartioivien hoitajien epäluulot olivat kuitenkin heränneet. Yksikin väärä liike, niin Jack jäisi kiinni. Ja kuka tiesi, mitä neiti Swine silloin tekisi?

Jack laski mielessään kymmeneen ja kiersi taas puun ympäri. Hän ryömi nelinkontin oksaa pitkin vanhainkodin puolelle. Hän ei kuitenkaan ollut mikään harjaantunut kiipeilijä ja teki siksi virhearvion. Hänhän istui kaiket päivät omassa huoneessaan maalaamassa lentokoneiden pienoismalleja eikä harrastanut lainkaan ulkoilmaelämää. Niinpä hän ryömi aivan oksan kärkeen saakka kuvitellen, että taivuttaisi sen painollaan alas.

Mutta oksa ei kannatellutkaan häntä.

Se katkesi.

KRÄKS!

33

Luikertele kuin käärme

Jack putosi ruohikkoon. Vartiotornien valokeilat kiertelivät **Illankajon linnan** pihaa. Jack makasi hetken liikkumatta ja aivan hiljaa, vaikka läähättikin vähän putoamisen jäljiltä. Hän näki silmänurkasta, että valokeila lähestyi. Hän oli kauhun vallassa ja olisi halunnut paeta, mutta samalla hän muisti, mitä vaari oli neuvonut tekemään tällaisissa tilanteissa. Älä liikuta sormeakaan. Kun valokeila vihdoin siirtyi kauemmas, hän nosti hitaasti katseensa. Hänen ja rakennuksen välissä oli paljon paljasta maata. Miten hän muka pääsisi sen yli kenenkään näkemättä?

Vaari oli myös opettanut, että avoimen maan yli pitää luikerrella kuin käärme. Jack ei ollut aavistanut, että joutuisi vielä turvautumaan näihin neuvoihin ihka oikeassa seikkailussa. Juuri niin hän kuitenkin teki ryömiessään kylmässä, märässä ruohossa.

Eteneminen oli vaivalloista, mutta viimein hän tuli rakennuksen luo.

Seuraava hankaluus oli, ettei hän yhtään tiennyt, missäpäin taloa vaari voisi olla. Hän pysytteli seinän vieressä ja kiersi rakennuksen kumartuen aina matalaksi ikkunoiden kohdalla. **Illankajon linnaan** ja sieltä ulos pääsi vain yhtä kautta. Piti kulkea ovesta, jossa oli ei yksi eikä kaksi vaan ainakin kolme lukkoa. Talon takanakin oli oviaukko, mutta se oli muurattu umpeen.

Jack kurkisti ikkunasta sisään pitäen visusti huolen, ettei kukaan nähnyt häntä. Ikkunan takana oli makuusali, jossa oli ainakin kaksikymmentä sänkyä. Sängyt oli asetettu siististi kahteen riviin, ja vaikka kello oli vasta kuusi, kaikki vanhat rouvat olivat jo peittojen alla. Jack katsoi jokaista vuoron perään ja näki, että he olivat sikeässä unessa. Joukossa ei ollut yhtäkään miestä, ja niinpä hän jatkoi nopeasti matkaa.

Pari ikkunaa myöhemmin hän näki huoneen, joka oli kuin apteekkarin varasto. Se oli lattiasta kattoon täynnä pilleripurkkeja, lääkepulloja ja ruiskuja. Huoneessa oli lääkärintakkiin sonnustautunut vanttera hoitaja, joka harppoi edestakaisin. Varastossa oli varmaan tuhansittain ja taas tuhansittain pillereitä – niin paljon että niillä olisi

nukuttanut norsulaumankin, saati sitten satakunta ikä-
ihmistä.

Kun Jack oli kurkistanut sisään vielä parista alaker-
ran ikkunasta ja nähnyt vain saastaisen keittiön ja tyh-
jän oleskeluhuoneen, hän päätti tutkia seuraavaa kerros-
ta. Hän siis kokosi voimansa ja kiskoi itsensä ränniä ylös.

Hän hivuttautui pitkin toisen kerroksen kapeaa ulko-
nemaa ja tuli ensimmäisen ikkunan kohdalle. Sen takana
erottui mahtipontinen tammipaneloitu työhuone. Työ-
pöydän ääressä retkotti ylihoitaja ylellisessä nahkanoja-
tuolissa, pössytellen isoa paksua sikaria. Hänen pienet jal-
kansa lepäsivät pöydällä, ja hän puhalteli ilmaan paksu-
ja harmaita savupilviä. Hän oli näköjään yksin ollessaan
aivan eri neiti Swine kuin julkisuudessa esiintyessään.

Takan yläpuolella riippui paksuissa kultakehyksis-
sä ylihoitajan iso muotokuva. Jack painautui seinää vas-
ten ja kallisti vähän päätään paremmin nähdäkseen. Isol-
la nahkapäällysteisellä pöydällä oli pino papereita, joita
ylihoitaja selasi. Hän asetti sikarinsa kristalliseen tuhka-
kuppiin ja ryhtyi töihin.

Ensimmäiseksi ylihoitaja otti pinosta paperiarkin ja asetti sen päälle kuultopaperin.

Toiseksi hän jäljensi lyijykynällä hitaasti mutta varmasti kuultopaperiin kaunokirjoitustekstiä.

Kolmanneksi hän käänsi kuultopaperin ympäri ja hankasi sitä lyijykynän terällä.

Neljänneksi hän otti laatikosta tyhjän valkoisen paperiarkin ja asetti kuultopaperin sen päälle.

Viidenneksi hän seurasi kaunokirjoituskirjaimia painaen lyijykynää niin kovaa, että ne ilmestyivät valkoiseen paperiin.

Viimeiseksi hän asetti paperiarkin kirjoituskoneeseen ja alkoi naputella.

Kun neiti Swine oli aikansa hakannut kirjoituskonetta, hän tarkasteli tyytyväisenä työnsä tulosta. Sitten hän rypisti alkuperäisen paperiarkin palloksi ja heitti sen tuleen. Katsoessaan sen palamista hän nauroi itsekseen ja työnsi taas pitkän paksun sikarin suuhunsa.

Mitä ihmettä neiti Swine hommaili?

Jack tuijotti ylihoitajaa kummissaan, kunnes yhtäkkiä hänen jalkansa lipesi kapealla ulokkeella ja hän joutui haparoimaan tukea.

Ylihoitaja taisi kuulla jotain, sillä hän nosti katseensa. Jack hivuttautui pois näkyvistä ja painautui aivan kiinni seinään. Neiti Swine nousi nahkatuolista ja tuli ikkunaan. Hän painoi pystyn nenänsä lasia vasten niin, että se näytti entistäkin pystymmältä, ja tähyili pimeyteen...

34

Piilossa viiksissä

Jack seisoi hievahtamatta, uskaltamatta edes hengittää. Seistessään työhuoneensa ikkunassa korkealla **Illankajon linnassa** ylihoitaja oli niin lähellä, että Jack tunsi hänen sikarinsa savun. Jack oli aina inhonnut sikarien lemua, ja pian hänen kurkussaan alkoi kutkutella yskä. *Älä yski!* hän aneli. *Kiltti kiltti kiltti, älä yski!*

Ylihoitaja kuunteli hetken hiljaisuutta ja pudisti lopulta välinpitämättömästi päätään. Viimein hän sulki raskaat mustat samettiverhot, jotka hänellä oli ikkunassa juuri siksi, että kukaan ei varmasti näkisi sisään.

Jackin teki mieli rynnätä kotiin kertomaan äidille ja isälle, ettei ylihoitajalla tainnut olla puhtaita jauhoja pussissa. Mutta hän empi, sillä hän oli valehdellut menevänsä koulun šakkikerhoon. Sitä paitsi äiti ja isä eivät luultavasti uskoisi. He olivat onnistuneet vakuuttamaan itselleen, että **Illankajon linna** oli paras mahdollinen paikka vaarille.

Niinpä Jack hiippaili pitkin kapeaa ulkonemaa seuraavaan ikkunaan. Huoneen valot oli sammutettu, mutta hämärässä erottui hyytävä näky. Riveittäin ruumisarkkuja!

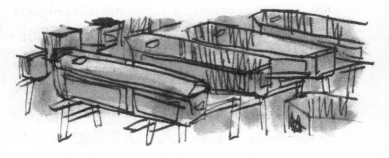

Jack jatkoi matkaa ja kurkisti seuraavaan huoneeseen. Siellä oli valot, ja ensi silmäyksellä se näytti antiikkikaupalta. Huone pullisteli vanhoja maalauksia, maljakoita ja kelloja. Kaikki esineet näyttivät arvokkailta, ja pari hoitajaa raahasi parhaillaan sisään kalliin näköis-

Aarrehuone

Naisten
makuusali

Pillerihuone

tä kultakehyksistä antiikkipeiliä, jonka he asettivat nojal-
leen seinää vasten. Mistä kaikki tavarat olivat tulleet?

Valonheittimen kirkas keila hipoi rakennusta. Se kul-
ki vaarallisen läheltä. Jack hivuttautui mahdollisimman
nopeasti kulman ympäri ja piiloon.

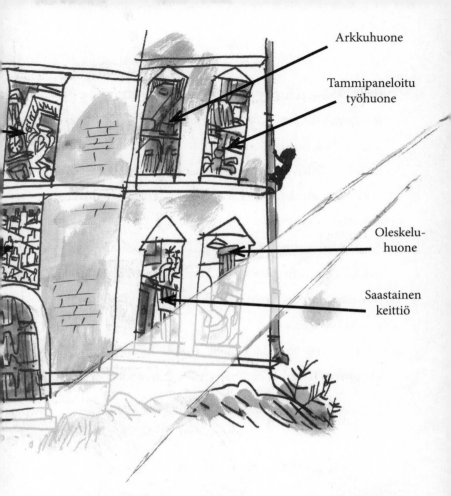

Arkkuhuone

Tammipaneloitu
työhuone

Oleskelu-
huone

Saastainen
keittiö

Hän kiipesi jäistä ränniä pitkin seuraavaan kerrok-
seen, ja hänen sormensa alkoivat käpristyä kylmästä. Silti
hän jatkoi urheasti matkaa ja kurkisti sisään lähimmästä
ikkunasta. Senkin takana oli makuusali, vielä isompi kuin
edellinen. Siellä nukkui riveittäin vanhoja miehiä ahtaas-

ti vierekkäin ja liian pienissä sängyissä. Hekin olivat jähmettyneet liikkumattomiksi ja lepäsivät syvässä, sikeässä unessa. Jack tutkaili kaikkien kasvoja, etsi kiihkeästi isoisäänsä. Hänen oli pakko varmistua, että vaari, jota hän rakasti enemmän kuin ketään muuta koko maailmassa, oli vielä elossa ja terve.

Hänen katseensa siirtyi pitkin rivejä, kunnes hän äkkäsi tutut lentäjänviikset. Vaari! Vaarin silmät olivat tiukasti kiinni, ja hän näytti olevan muiden tavoin syvässä, sikeässä unessa.

Jack otti toisella kädellä tukea ikkunan metallikalterista. Toisen käden hän työnsi kaltereiden välistä ja

tunnusteli sormenpäillään ikkunanpieliä nähdäkseen, voisiko ikkunan kammeta auki ulkopuolelta.

Hän ei ollenkaan yllättynyt huomatessaan, että ikkuna oli lukittu kuten kaikki muutkin linnoituksen ikkunat.

Hän oli päässyt jo niin pitkälle, että hänen oli pakko ainakin yrittää puhua vaarin kanssa ennen kuin voisi lähteä. Tietämättä, mitä muutakaan tekisi, hän alkoi koputella ikkunaan.

KOP KOP KOP.

Ensin hiljaa, mutta sitten yhä kovemmin.

KOP KOP KOP.

Yhtäkkiä vaari avasi toisen tiukasti suljetun silmänsä. Sitten toisen. Jackin koputukset olivat yltyneet jyskytyksiksi, ja vaari ampaisi pystyyn. Hänellä oli haalistunut pyjama, joka oli näöstä päätellen ollut jo ties kuinka monen ihmisen käytössä. Nähdessään pojanpoikansa ikkunan takana hän puhkesi hymyyn. Vaari vilkaisi nopeasti oikealle ja vasemmalle, varmisti että reitti oli selvä, ja hipsi ikkunan luo.

Hän sai raotettua sitä hitusen, niin että he kuulivat toistensa äänen.

"Majuri!" vaari kuiskasi ja tervehti tapansa mukaan tekemällä kunniaa.

"Everstiluutnantti!" Jack vastasi riippuen toisella kädellä kaltereista ja tehden toisella kunniaa.

"Kuten näet vihollinen on teljennyt minut tänne Colditziin – maailman tarkimmin vartioidulle sotavanki-leirille!"

Jack ei väittänyt vastaan. Harhakäsityksen särkemi-nen olisi vain sekoittanut vaarin pään. Sitä paitsi **Illan-kajon linna** muistutti paljon enemmän sotavankileiriä kuin vanhainkotia.

"Pahoittelen, herra everstiluutnantti!"

"Eihän tämä sinun syytäsi ole. Tällaista tapahtuu sodassa. Varmasti täältä on jokin ulospääsytie, mutta en pahus vie ole löytänyt sitä vielä."

Jack katsoi vaarin ohi vanhoja miehiä, jotka makasivat taju kankaalla, ja kysyi: "Miten ihmeessä sinä olet ihan hereillä, kun kaikki muut on umpiunessa?"

"Hahhaa!" Vaari nauroi ilkikurisesti. "Vartijat pakottavat meidät syömään erilaisia pillereitä. Niitä jaellaan kuin namuja. Yksikin riittää tainnuttamaan ihmisen."

"Miten sinä sitten jätit nielaisematta?"

"Vartijat seisovat vieressä vahtimassa, että jokainen ottaa lääkkeensä. Minä panin omani suuhun ja olin nielaisevinani. Kun vartijat siirtyivät seuraavan vangin kohdalle, sylkäisin ne ulos ja piilotin syvälle viiksiin."

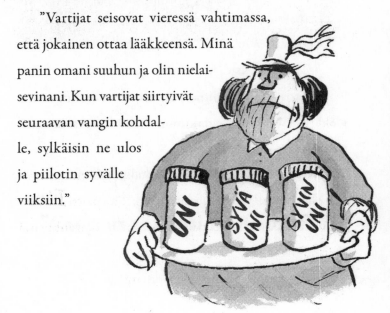

Vaari nappasi kaksi kirkasväristä pilleriä paksuista pörheistä viiksistään.

Hän oli nerokas!

Kerran sankari, aina sankari, Jack ajatteli.

"Olet kyllä fiksu", hän sanoi.

"Kiitos, majuri. Onpa hyvä, että olet täällä. Voimme alkaa toteuttaa suunnitelmaani – mitä pikemmin sen parempi."

Jack oli ymmällään. "Mitä suunnitelmaa?"

Vaari katsoi häntä suu hymyssä.

"Pakosuunnitelmaa tietysti!"

35

Lisää sukkia

Vaari antoi Jackille listan suunnitelmaan liittyvistä tavaroista, jotka pitäisi salakuljettaa **Illankajon linnaan.**
Lukiessaan sitä illalla sängyssä Jack yritti turhaan ymmärtää, kuinka vaari aikoi käyttää niitä paossaan.

Lista oli seuraavanlainen:

- Karkkirakeita
- Narua
- Sukkia
- Kuminauhoja
- Tyhjiä säilyketölkkejä
- Kartta
- Lisää sukkia
- Tulitikkuja
- Lusikka
- Tarjotin

- Kynttilöitä
- Rullaluistimet
- Vielä lisää sukkia

Karkkirakeet olivat helppo homma. Seuraavana aamuna Jack käväisi koulumatkalla Rajin kaupassa ja näki, että niitä oli siellä laaja valikoima. Sitä paitsi Jackilla oli onnea, sillä ne sattuivat olemaan erikoistarjouksessa. Kolmekymmentäkahdeksan rasiaa kolmenkymmenenseitsemän hinnalla.

Tyhjiä säilykepurkkeja hän kalasteli kodin roskiksesta ja huuhteli ne hanan alla.

Kirpputorilta löytyi halpoja rullaluistimia.

Kodin kaapeissa ja laatikoissa lymyili siellä täällä kuminauhoja, narua, lusikoita, kynttilöitä ja tulitikkuja.

Samoin sukkia. Isällä oli joukoittain parittomia sukkia, joita lojui ympäriinsä, eikä hän varmasti kaipaisi niitä.

Kukaan ei tiedä, mihin sukat katoavat. Tämä on maailmankaikkeuden suuria mysteerejä. Joko ne imeytyvät mustaan aukkoon, jossa tila ja aika ovat litistyneet, tai sitten ne takertuvat pesukoneen takaosaan. Oli miten oli, Jackin isällä oli parittomia sukkia kasoittain.

Vaikeinta oli salakuljettaa keittiöstä tarjotin, koska se oli niin iso. Jackin piti ujuttaa se housujen sisään selkäpuolelle ja vetää villapaita sen päälle. Kaikki oli hyvin, kun hän seisoi liikkumattomana, mutta kun hän lähti liikkeelle, hän näytti robotilta.

Jack käytti jokaisen liikenevän hetken vaarin tilaamien tavaroiden keräämiseen. Illalla hän istui yläsängyssä odottamassa taivaan tummumista. Kun pahaa-aavistamattomat vanhemmat luulivat, että hän oli sikeässä unessa, hän pakeni huoneensa ikkunasta niin kuin vaarikin oli tehnyt.

Kuu oli matalalla. Puiden varjot venyivät **Illankajon linnan** pihan yli. Jackin piti pysytellä entistä tarkemmin piilossa kiivetessään itkupajuun ja hypätessään alas muurin yli kurkottavalta oksalta. Hän ryömi nurmikentän poikki ja kiipesi ränniä miesten makuusalin ikkunaan.

Heti kun hän ilmestyi ikkunan taa, vaari julisti voitonriemuisena: **"Aion kaivaa tunnelin ulos!"**

Jack keikkui kiikkerästi talon seinustan ulkonemalla niin kuin edellisenäkin iltana. Kalterien vuoksi ikkuna avautui vain hitusen. Heidän puhuessaan Jack työnsi vaarin tilaamia tavaroita ahtaasta aukosta sisään.

"Kaivat?" Jack ei ollut aivan varma suunnitelman nerokkuudesta. "Millä?"

"Lusikalla tietysti, majuri!"

36

Lusikalla?!

"Aiotko kaivaa tunnelin lusikalla?!" Jack kysyi. Hän ei voinut uskoa korviaan. "Haluat kaivautua muurin ali lusikalla?!"

"Kyllä vain, Bunting!" vastasi vaari kaltereiden takaa. "Aloitan tänä yönä. Minun on päästävä Spitfirellani ylös, ylös korkeuksiin niin pian kuin suinkin. Heti kun olet lähtenyt, pujahdan kellariin ja alan rapsuttaa kivilattiaa."

Jack ei olisi halunnut latistaa vaarin intoa, mutta tämä suunnitelma oli ilman muuta tuomittu epäonnistumaan. Kellarin lattian läpi kaivautumiseen menisi vuosia. Varsinkin jos välineenä oli lusikka. Se ei ollut edes kovin iso.

"Muistitko säilykepurkit?" vaari kysyi.

Jack kaiveli takintaskuja ja työnsi aukosta kaksi vanhaa papupurkkia.

"Totta kai. Mitä sinä näillä aiot tehdä?"

"Ämpäreitä, Bunting! Ämpäreitä!

Täytän ne mullalla, jonka olen kaivanut pois lusikalla, ja toimitan ne ulos tunnelista taljajärjestelmällä."

"Sitä varten siis pyysit narua!"

"Aivan niin, majuri. Yritä pysyä kärryillä!"

"Mutta mitä aiot tehdä mullalle?"

"Tämä se vasta onkin ovela temppu, kuomaseni. Nyt tulevat sukat käyttöön!"

"Sukat? En nyt ihan tajua", Jack sanoi, työnsi käden taskuunsa ja veti esiin kimpun isän vanhoja sukkia.

"Tässä sukassa on reikä!" vaari nurisi pysähtyessään tutkimaan yhtä.

"Anteeksi, en tiennyt, mitä tarkoitusta varten ne ovat."

"Minäpä kerron. Kun aurinko nousee ja yön kaivuurakka on suoritettu, pakkaan mullan näihin sukkiin", vaari selitti. "Sitten sidon sukat kiinni kuminauhalla. Kätken mullan täyttämän sukan eli 'multasukan', mikä on vastedes niiden nimi, housujen sisään. Sitten anon Kommandantilta, että minut määrätään puutarhanhoitotehtäviin."

"Kommandantilta?" Jack oli ymmällään.

"Niin, yritä pysyä kärryillä! Hän johtaa tätä sotavankileiriä."

Ylihoitaja! Jack ajatteli. "Niin tietysti."

"Kukkapenkkien luona varmistan, että vartijat eivät katso, irrotan kuminauhat multasukista ja hups hei! Mullasta on päästy! Sitten tallustelen hetken pingviinin lailla ja tallon sen maahan."

Havainnollistaakseen tätä osaa suunnitelmasta vaari vaappui edestakaisin makuusalissa.

"En vieläkään ymmärrä, mihin tarjotinta ja rullaluistimia tarvitaan", Jack sanoi.

"Malttia, Bunting! Kiinnitän rullaluistimet tarjottimen pohjaan ja käytän sitä etenemiseen selälläni pitkin tunnelia."

"Olet tosiaan ajatellut kaikkea, everstiluutnantti."

"Nerokas suunnitelma, Bunting. NEROKAS!"

vaari julisti vähän turhan kovalla äänellä.

"Varo ettet herätä kaikkia", Jack kuiskasi ja osoitti nukkuvien vanhojen miesten rivejä.

"Pommikaan ei herätä tätä porukkaa. Vartijoiden antamat pillerit kolkkaisivat sarvikuononkin tainnoksiin. Sotavankitoverini ovat hereillä vain vajaan tunnin päivässä. Kulhollinen vetistä soppaa naamaan ja takaisin unille!"

"Tähän siis tarvitaan karkkirakeita!" Jack arvasi.

"Aivan oikein! En pysty kätkemään viiksiini loputtomasti pillereitä. Myös Kommandant on alkanut epäillä jotain."

"On vai?"

"Kyllä, haluaa tietää, miksi olen virkumpi kuin muut. Vartijat ovat siis kaksinkertaistaneet annokseni ja vahtivat kuin haukat, kun antavat lääkkeitä minulle. Aion murtautua lääkevarastoon ja vaihtaa omat pillerini namuihin. Keskeytän jakelun! Sen jälkeen voin niellä niitä vaivatta. Itse asiassa nautin oikein mielelläni karkkirakeita toisinaan."

Jackin oli pakko myöntää, että vaarin suunnitelma oli kekseliäs ja rohkea. Mutta hän tähysi kapealta ulokkeelta **Illankajon linnan** pihaa. Muurille oli ainakin sadan metrin matka. Vaarilta menisi kokonainen ihmisikä tunnelin kaivamiseen, varsinkin jos hänellä oli välineinä vain lusikka, vanhoja sukkia ja tarjotin, jonka alapuolelle oli kiinnitetty rullaluistimet.

Eikä vaarilla enää ollut jäljellä kokonaista ihmisikää.

Jackin pitäisi auttaa häntä.

Mutta miten ihmeessä?

37

Synkkää ja karmivaa

Oli sunnuntai, päivä jolloin **Illankajon linnassa** oli vierastunti. Se ei tosin edes ollut tunti. Vaan vartti. Kello kolmesta kello viisitoista yli kolmeen. Ja kuten Jack oli saanut tuta, hoitajat kyllä hätistivät ulos omaiset, jotka saapuivat väärään aikaan.

Perhe istui vaiti melkein koko ajomatkan vanhainkotiin.

Isä ajoi, tuijotti eteensä eikä sanonut sanaakaan. Takapenkillä istuva Jack näki isän silmät peruutuspeilissä. Ne olivat kyynelissä.

Isän vieressä oli äiti, joka aina välillä katkaisi hiljaisuuden höpöttämällä. Hän käytti ilmaisuja, joita ihmiset käyttävät yrittäessään uskotella itselleen jotakin, minkä tietävät valheeksi. Sellaisia kuin: "Näin on paras", ja: "Hän on varmaan paljon tyytyväisempi nyt kuin kotona", ja: "Varmasti hän alkaa ajan mittaan viihtyä erinomaisesti."

Jack puri kieltään. Vanhemmat eivät aavistaneet, että hän oli käynyt **Illankajon linnassa** salaa jo kaksi kertaa. Tuskinpa äiti ja isä uskoisivat häntä, jos hän kertoisi pahoista aavistuksistaan, mutta ehkäpä heidän silmänsä avautuisivat nyt, kun he pääsivät itse käymään **Illan-kajon linnassa.**

Kun auto nytkähti pysähdyksiin metalliportin eteen, isä lähti avaamaan sitä. Jack muisti, millaisen sähköiskun oli siitä saanut, ja tokaisi: "Soita vain kelloa!" Isä näytti kummastuneelta, mutta teki työtä käskettyä. Portti hurisi verkkaan auki. Isän palattua autoon he ajoivat hitaasti sisään.

Kuluneet renkaat luisuivat soratiellä. Auto liirasi vähän sivuun, ja silloin **Illankajon linna** piirtyi heidän eteensä.

"No niin, se näyttää oikein, öö, mukavalta", äiti sanoi.

Isä pysäköi auton talon eteen ja sammutti moottorin. Jack höristi korviaan. Sisältä kuului musiikkia. Hän tunnisti kappaleen oitis.

DA-DA DA-DA DA-DA DAA

Tiputanssi, niin raivostuttava kappale, että kun se oli

kerran päähän pinttynyt, se ei lähtenyt sieltä ikinä. ♪

DA-DA DA-DA DA-DA DAA

Kappaleesta tehdystä levystä oli vastikään tullut valtava hitti.

DA-DA DA-DA DA-DA ☞

Tiputanssi oli soinut lukemattomia kertoja kaikissa

häissä, juhlissa ja lasten synttäreillä ympäri maan.

♪ DA DA-DA DA-DA DAA ☞

Tiputanssi oikein uhkui *HAUSKANPITOA.*

DA-DA DA-DA DA-DA DAA

Mutta ei se ollut hauska. Se oli kidutusta. ☞

♪ DA-DA DA-DA DA-DA DAA

Yllättäen ylihoitaja pompahteli ulos ovesta päässään

paperihattu.

"Tervetuloa, tervetuloa, tervetuloa!" hän sanoi hilpeällä äänellä, joka sopi hänelle yhtä huonosti kuin naurettava hattu hänen päähänsä.

Neiti Swine käänsi katseensa Jackiin. Isän ja äidin huomaamatta hän rypisti kulmiaan uhkaavasti. Viesti oli selvä. Jos aiheutat yhtään häiriötä, tulee **TUPEN-RAPINAT.**

"Sisään sisään!" Ylihoitaja saatteli perheen ovesta.

Aivan ensimmäiseksi Jackin kotkankatse osui ilmoitukseen, joka oli seinällä puoliksi juhlakoristeiden alla. Siinä luki:

Illankajon linnan SÄÄNNÖT

Ylihoitaja Swinen MÄÄRÄYKSESTÄ

- KAIKKI HENKILÖKOHTAISET ESINEET kuten korut, kellot, arvotavarat ynnä muut on saapuessa luovutettava ylihoitajan huoneeseen.

- Hoitajat ovat korkeasti koulutettuja ammattilaisia, ja heitä on toteltava POIKKEUKSETTA.

- HILJAISUUS! Älä puhu ellei henkilökunnan jäsen puhuttele sinua.

- ÄLÄ valita teestä. Tiedämme, että se maistuu kylpyvedeltä, johon on PISSATTU. Sitähän se onkin.

- Valot sammutetaan TASAN kello 17. Se, joka on liikkeellä tämän iltamyöhäisen kellonajan jälkeen, saa tehtäväkseen pestä vessat hammasharjalla.

- KYLPYAIKA on joka kuun ensimmäisenä maanantaina. Kylpyvesi on kaikille asukkaille yhteinen.

- Patterit ovat KIINNI kaikkina aikoina. Jos tulee kylmä, HYPPELE vähän.

- Kaikki vieraiden tuomat kakut, keksit ja suklaat on luovutettava hoitajalle VÄLITTÖMÄSTI.

- Vessakäynnillä on sallittua käyttää vain yksi VESSAPAPERIN pala. Koskee kaikkia tarpeita.

- Pillerit ON OTETTAVA. Jos et suostu syömään lääkkeitäsi, jokaista makuusalin asukasta RANKAISTAAN IKUISESTI.

- VIHELTELY tai HYRÄILY on ehdottomasti KIELLETTY.

- Yksi potta per makuusali – ÄLÄ pyydä enempää.

- KAIKKI RUOKA mikä annetaan, pitää syödä, myös PAHENTUNUT. TÄHTEET tarjoillaan seuraavalla aterialla.

- Ylihoitajaa EI SAA katsoa silmiin, eikä häntä saa puhutella suoraan.

- Pyjamaa tai yöpaitaa käytetään PÄIVIN JA ÖIN.

- Alueelta EI SAA poistua. Jo joku yrittää lähteä, hänet KAHLITAAN vuoteeseensa.

- Jos haluat VALITTAA jostakin, jätä valitus aloitelaatikkoon. Laatikko tyhjennetään joka perjantai-iltapäivä, ja sen sisältö poltetaan.

VIIHTYISÄÄ OLESKELUA!

Äiti ei nähnyt kylttiä, pelkästään ilmapallot ja värikkäät serpentiinit, jotka melkein peittivät sen alleen. Ne saivat hänet kysymään ylihoitajalta: "Oi! Onko täällä tänään juhlat?"

"Kyllä ja ei. Meillä täällä **Illankajon linnassa** on koko elämä yhtä juhlaa!" neiti Swine valehteli. "Tulkaa oleskeluhuoneeseen ja liittykää h-h-hauskanpitoon."

Jack huomasi, ettei neiti Swine kyennyt puhumaan luontevasti hauskanpidosta. Itse asiassa hän sylkäisi koko sanan suustaan kuin se olisi ollut myrkkyä. Oli harmillista, etteivät äiti ja isä näyttäneet huomaavan, millainen julmuri hän oli.

Tiputanssi alkoi onneksi loppua. Mutta samalla hetkellä, kun se päättyi, järeä hoitaja nosti levysoittimen neulan ja aloitti alusta.

DA-DA DA-DA DA-DA DAA ♫

Oleskeluhuone oli täynnä vanhuksia, ja hoitajia oli vielä enemmän.

Ensin vaikutti siltä, että harmaahapset liikehtivät iloisesti musiikin tahdissa.

"Eikö olekin ihanaa, Barry!" äiti sanoi. "Ikäihmisillä

on täällä bileet!"

Isä nyökkäsi vähän. Mutta hän ei kuunnellut kunnolla. Hän etsi katseella omaa isäänsä.

"No niin, rouva Bunting..." neiti Swine aloitti.

"Sano vain Barbara, tai vaikka Babs", äiti sanoi.

"No niin, Babs", ylihoitaja aloitti uudestaan, "en haluaisi rehvastella, mutta kaikki sanovat **Illankajon linnaa** erityiseksi, koska vanhukseni ovat niin iloisia. Ja se johtuu varmasti hauskasta tunnelmasta! Täällä osataan totisesti **JUHLIA!"**

Jackista oli inhottavaa, miten viekkaasti paha hoitaja yritti herättää äidin luottamuksen.

"Ai niin, yksi pikkujuttu vain", ylihoitaja sanoi äkkiä. "Herra Bunting?"

"Niin?"

"Mahdoitteko tuoda vanhan herran testamentin, kuten pyysin?"

"Aivan, minulla on se tässä." Isä kaivoi povitaskustaan kirjekuoren ja ojensi sen ylihoitajalle.

KLING!

Tuota ylihoitaja siis puuhaili huoneessaan, Jack ajatteli äkkiä.

Nyt hän ymmärsi, mitä neiti Swine oli tehnyt kuultopaperin kanssa. Hän kirjoitti uusiksi asukkaiden testamentteja ja väärensi niihin heidän allekirjoituksiaan. Varmaan hän teki itsestään ainokaisen perillisen. Tämä selitti myös salaperäisen aarrehuoneen.

Käynnissä oli suuren luokan huijaus.

"Kiitos! Otan sen vain talteen huoneeseeni."

"Äiti! Isä!" Jack huusi. Hänen oli pakko kertoa tietonsa.

"Hiljaa nyt, anna kiltin hoitajan puhua!" äiti sanoi.

"Aivan, pitäkää se täällä tallessa puolestamme", isä sanoi. "Kiitos oikein paljon."

Jack katsoi epätoivoisena ympärilleen, ja silloin hän oivalsi muutakin.

SYNKKÄÄ.

KARMIVAA.

NIIN KAMMOTTAVAA, ETTÄ LUITA JA YTIMIÄ HYYSI.

38

Nukkeja

Jack oivalsi, etteivät oleskeluhuoneen vanhukset liikkuneet itse.

Illankajon linnan vantterat hoitajat liikuttivat heitä kuin vatsastajapuhujat nukkejaan. Yksi vanha herra, jolla oli viheltävä kuulolaite, näytti taputtavan käsiään. Mutta jos katsoi tarkemmin, näki että hoitaja Ruusu piteli hänen käsiään omissaan.

Eräs vanha rouva näytti nyökyttelevän päätään. Katsopa kunnolla: päätä heilutti hoitaja Nuppu.

Eräs iäkäs asukas, jolla oli punakka nenä ja monokkeli, liikehti kuin paritanssimestari. Hän oli lyhyt mutta kiidätti pitkää hoitajaa ympäri huonetta kuin tanssiparketilla konsanaan. Vai kiidättikö? Jos lähemmin tarkasteli, näki että hoitaja Orvokki itse asiassa oli se joka vei. Hän kannatteli vanhaa herraa. Miehen tohvelit vain hipoivat lattiaa, hänen silmänsä olivat kiinni, ja hän kuorsasi vienosti.

Buntingin perheen lisäksi **Illankajon linnassa** oli tuona iltapäivänä muitakin vieraita. Nythän oli viikon ainoa viisitoistaminuuttinen, jolloin sinne pääsi. Vieraiden joukossa oli vanha herra, jonka lasit olivat paksut kuin maitopullon pohja ja joka oli ilmeisesti tullut tapaamaan vaimoaan. Vaimo oli pikkuinen, kuin pieni lintu. Paris-

kunta pelasi tammea, vaikka tosiasiassa hoitajista jykevin, hoitaja Tulppaani, oli työntänyt kätensä vanhan rouvan villatakin hihoihin ja siirteli nappuloita hänen puolestaan. Jack älysi sen siitä, että pienellä mummelilla oli yhtäkkiä valtavat karvaiset kädet.

Toisaalla pari pikkulasta istui pyöreän vanhan rouvan kanssa, joka oli varmaankin heidän isoäitinsä. Las-

ten äitiä ei selvästi olisi voinut vähempää kiinnostaa, sillä hän selasi koirankorville luettua lehteä. Vanha rouva näytti taputtelevan lasten päätä, mutta Jack näki, että hänen käsiinsä oli sidottu siima. Jack seurasi auringossa kiiltelevää siimaa katseellaan. Se kulki huoneen poikki ja katosi verhon taa. Siellä piileskeli taas yksi hoitaja, hoitaja Hyasintti, jolla oli kädessään vapa. Hän nosteli vapaa niin että rouvan kädet liikkuivat.

Ilkeää touhua, Jack ajatteli. Epäilemättä neiti Swine pani saman järjettömän esityksen pystyyn joka sunnuntai-iltapäivä pelkästään vierailijoita varten.

Muut ehkä menivät lankaan mutta ei Jack.

"Neiti Swine, missä vaari on?" Jack tivasi. "Mitä te olette tehneet sille?"

Ylihoitaja vain hymyili. "Heti tultuanne lähetin hakemaan häntä. Hän liittyy juhliin varmasti tuossa tuokiossa..."

Samalla hetkellä oleskeluhuoneen ovi heilahti auki. Vaari istui ikivanhassa puisessa pyörätuolissa, ja sitä työnsi hoitaja Kukka, sama tyyppi jolla oli kultahammas ja kallotatuointi käsivarressa. Vaari näytti olevan sikeässä unessa.

Voi ei, Jack ajatteli. *Ne ovat varmaan sittenkin pakko-syöttäneet sille pillereitä.* Kun hoitaja Kukka lykkäsi vaarin väpättävän television ääreen, Jack ryntäsi hänen luokseen. Äiti ja isä tiesivät, miten läheisiä he olivat, ja pysyivät hetken taempana.

Jack puristi vaarin kättä.

"Mitä ne ovat tehneet sinulle?" hän kysyi ääneen, odottamatta vastausta.

Yhtäkkiä vaari avasi toisen silmänsä. Se pyörähti ympäri ja kohdistui sitten Jackiin.

"Ah, siinähän sinä olet, majuri!" hän kuiskasi. "Oletko soluttautunut tänne?"

Jack nyökkäsi aavistuksen epäröivästi. "Olen, everstiluutnantti."

"Mainio temppu. Täytyy sanoa, että karkkirakeet hoitivat homman!" Vaari iski silmää, ja Jackin oli pakko hymyillä.

Vaari oli huijannut kaikkia!

Vaari katsoi ympärilleen ja sanoi: "No niin, majuri, haluttaisiko sinua piipahtaa ulkona tekemässä vähän... 'puutarhatöitä'?"

Jack ymmärsi täsmälleen, mitä vaari tarkoitti, ja iski hänkin silmää.

39

Pönttö

Neiti Swine tuijotti haukkana perään, kun vaari ja Jack katosivat oleskeluhuoneesta. Koska **Illankajon linnassa** kävi tänään vieraita, etuovi oli auki ja kaksikko pääsi kulkemaan ulos ja pihan poikki. Äiti ja isä jäivät lämpimään oleskeluhuoneeseen ja katselivat heitä ikkunasta.

Heti kun he olivat turvallisen matkan päässä talosta, vaari sujautti Jackille pari mullalla täytettyä sukkaa. Hän neuvoi Jackia tunkemaan ne housuihinsa, yhden kumpaankin lahkeeseen. Säälittävän kukkapenkin luona (oikeastaan se oli vain maaläntti, josta törrötti jokunen kukkasipuli) Jack noudatti vaarin esimerkkiä. Molemmat vaappuivat kuin pingviinit, ja ensin vaari ja sitten Jack vetivät kuminauhasta, kallistivat sukkia ja päästivät mullan valumaan jalkaa pitkin ja lahkeesta ulos. He varmistivat, etteivät vartiotornien hoitajat katselleet heidän suuntaansa, ja talloivat sitten mullan kukkapenkkiin.

"Oliko tuossa KAIKKI viime yön multa?" Jack kysyi.

"Kuitti, majuri", vaari vastasi ylpeästi.

Jack katsoi pikkuruista multamäärää. Sitä oli vain jokusen säilykepurkin verran. Tätä menoa tunneli valmistuisi suunnilleen vuonna 2083.

"Juttu on niin, öm..." Jack aloitti muttei saanut sanottua asiaansa, koska pelkäsi pahoittavansa vaarin mielen.

"Suu puhtaaksi!" vaari vaati.

"No siis jos yhden yön aikana tulee vain noin vähän multaa, pelkään, että tunnelin kaivamiseen menee ikuisuus."

Vaari katsoi Jackia närkästyneenä. "Oletko ikinä yrittänyt kaivautua kivilattian läpi pelkällä lusikalla?"

Vastaaminen ei edellyttänyt pohtimista. Useimpien maapallon asukkaiden tavoin Jack oli sen verran fiksu, ettei ollut edes yrittänyt mokomaa. "En."

"No voin sanoa, että se on penteleen kovaa hommaa!" vaari huudahti.

"Miten minä voisin auttaa pakosuunnitelmassa?"

Vaari mietti hetken. "Jospa salakuljettaisit tänne isomman lusikan?"

"Suoraan sanoen luulen, ettei lusikan koolla ole tässä juurikaan merkitystä."

"Yritän kaikkeni, että pääsen pois tältä hirvittävältä vankileiriltä. Brittiupseerin velvollisuus on paeta. Sinun täytyy luvata, että tuot minulle huomenna uuden lusikan!" vaari painosti.

"Ai ruokalusikan?"

"Tehtävä on vaativa. Tarvitsen kauhan!"

"Lupaan", Jack mutisi.

"Majuri, ainoa mikä antaa minulle voimaa täällä on ajatus, että pääsen vielä Spitfireni kyytiin."

Tässä vaiheessa neiti Swinen epäilykset olivat ilmeisesti yltyneet sietämättömiksi, sillä hän singahti ulos talosta. Hän kipitti pihan poikki korkeakorkoisissa saappaissaan, viitta tuulessa lepattaen. Hänellä oli rinnallaan ilkeät apurit, hoitaja Ruusu ja hoitaja Nuppu. He olivat niin isoja ja järeitä, että näyttivät pikemminkin ylihoitajan henkivartijoilta. Perässä riensivät äiti ja isä, jotka puhkuivat ja puhisivat juostessaan.

"Oletteko puutarhahommissa?" ylihoitaja huusi. Hänen sanansa uhkuivat epäluuloisuutta.

"Kyllä vain. Hoitelen tässä kukkapenkkejä, Kommandant!" vaari vastasi.

"Kommandant?" neiti Swine toisti. "Vanha houkka luulee olevansa sotavankileirillä!"

Ylihoitaja nauroi raikuvasti. Hoitajat pääsivät kärryille hitaanlaisesti, mutta hetken kuluttua hekin yhtyivät nauruun.

"HAH! HAH! HAH!"

Kun äiti ja isä tulivat kukkapenkin luo, neiti Swine asettui huomion keskipisteeksi. "Pitää tosiaan olla hyvä huumorintaju, kun työskentelee *Illankajon linnassa!*"

"Toden totta", hoitaja Ruusu sanoi möreällä äänellään.

"Monet vanhuksistani ovat aivan pimahtaneita. Mutta tämä 'vaari' tässä on kyllä kaikkein pimahtanein."

"Ettäs kehtaat!" Jack sanoi.

"Ei saa puhua rumasti ylihoitajalle", äiti sanoi.

"Katsokaa nyt!" ylihoitaja huusi. "Tyyppi on täysi pönttö!"

"Ei, Kommandant, nimeni ei ole Pönttö vaan Bunting!" vaari korjasi. "Gloucesterin 501-lentolaivueessa taitaa kyllä olla yksi kapteeni Pönttö."

"Voi sentään", ylihoitaja mumisi. "Alkaa tulla vähän kylmä, eikö vain?"

"Joo", sanoi isä, joka oli laiha ja hytisi jo.

"Hoitajat. Voisitteko ystävällisesti auttaa poloisen her-ra Buntingin takaisin sisään!" neiti Swine komensi.

"Everstiluutnantti Buntingin!" vaari oikaisi.

"Niin, niin, tottahan toki!" neiti Swine sanoi ivalli-sesti.

Hoitajat Ruusu ja Nuppu ottivat vaaria nilkoista. He roikottivat häntä ylösalaisin marssiessaan takaisin sisään.

"Päästäkää se!" Jack huusi.

"Täytyykö häntä kantaa noin?" isä kysyi anovasti.

"Tekee hyvää vaivaiselle selälle!" ylihoitaja vastasi hilpeästi.

Jack ei kestänyt enää vaan heittäytyi toisen hoitajan selkään. Hoitaja huitaisi hänet pois kuin kärpäsen.

"Jack!" äiti huusi ja kiskoi Jackia käsivarresta.

"Minä en paljasta tietojani, Kommandant!" vaari huusi, kun häntä kannettiin pois. "Mieluummin kuolen kuin petän kuninkaani ja maani!"

"Vai että Kommandant! Hohhoh! Panee ihan naurattamaan!" ylihoitaja sanoi ja vilkaisi kelloaan. "Meidän pitäisi kaikkien mennä sisään jatkamaan juhlia. Vierailuaikaa on jäljellä vielä kokonaista kaksi minuuttia!"

Ylihoitaja hätisti isän ja äidin edellään. "Teidän jälkeenne, Barbara ja Barry."

Hän jättäytyi hetkeksi jälkeen puhuakseen kahden kesken Jackin kanssa. "Tiedän, että sinulla on jotain mielessäsi, senkin katala kakara..." hän sähisi. "Pidän sinua silmällä."

Jackin selkäpiitä pitkin kulki **väristys**.

40

Pöksyköysi

Seuraavana iltana Jack istui yläsängyssä omassa huonees-saan. Hän oli piilottanut tyynyn alle ison kauhan, jonka oli pihistänyt koulun keittiöstä ruokatunnilla. Hän oli työntänyt sen housuihinsa, mikä oli saanut hänet ontu-maan kuin puujalalla.

Pienoismallit riippuivat hänen ympärillään, ja hänen mielessään myllersi. Hän oli luvannut vaarille, että suorit-taisi taas illalla salaisen vierailun **Illankajon linnaan.** Mutta ei kauhakaan lisäisi vaarin mahdollisuuksia pääs-tä pakoon. Jackista tuntui, että ainoa syy jatkaa tätä ilvei-lyä oli vaarin toivon ylläpitäminen. Jos vaarilla ei olisi toi-voa, hänellä ei olisi mitään. *Ehkä vaari kuluttaa loppuelä-mänsä kaivamalla tunnelia ja uneksimalla paosta, joka ei koskaan toteudu,* Jack ajatteli. Hän inhosi **Illankajon linnaa** ja ilkeää neiti Swinea, mutta ei hänellä parempaakaan suunnitelmaa ollut. Äidille ja isälle puhuminen oli ollut turhaa. He uskoivat, että Jackilla oli ylivilkas mielikuvitus, koska hän oli viettänyt niin paljon aikaa höperön isoisänsä seurassa. Heille nämä puheet olivat vain uusia mielikuvitusleikkejä.

Niinpä Jack odotti pimenemistä täsmällisenä kuin kello. Lopulta hän nappasi kauhan ja kiipesi ulos huoneensa ikkunasta. Mutta tullessaan **Illankajon linnalle** hän teki huolestuttavan havainnon. Ränni, jota pitkin hän oli kiivennyt vaarin makuusalin ikkunaan, oli nykäisty irti seinästä. Oliko ylihoitaja joukkoineen päässyt hänen jäljilleen? Ränni oli ollut ainoa kiipeämistie. Jack pelkäsi kävelevänsä suoraan ansaan ja saattavansa vaarin entistä pahempaan pulaan, ja niinpä hän päätti lähteä pois saman tien. Mutta juuri kun hän ryömi nurmikentän poikki, katolta kuului ääntä.

KRIIK...

Kuulosti siltä kuin katolla olisi avautunut pieni ovi. Oliko siellä neiti Swine tai joku toinen hoitaja? Oliko Jack jäänyt kiinni?

Jack tähysi ylös ja näki pienikokoisen hahmon työntyvän esiin kattoluukusta.

Vaari!

 Vaari oli yhä pyjamassa ja yritti ahtautua kattoluukusta. Se oli hyvin kapea. Kun hän ponkesi ulos, pyjamanhousut putosivat ja laiha peppu paistoi paljaana.

Vaari konttasi katon reunalle ja nousi seisomaan. Heti kun hän pysyi taas pystyssä, hän nosti housut paikoilleen.

Katto oli kalteva, ja koska nummilta puhalsi häijy tuuli, vaari huojahteli vähän.

Jack huusi niin hiljaa kuin osasi: "Mitä sinä siellä teet?"

Vaari ei näyttänyt oikein hahmottavan mistä ääni tuli.

"Täällä!"

"Oho! Majuri! Siinähän sinä olet! Mutta aioit varmasti sanoa, että mitä sinä siellä teet, HERRA EVERSTI-LUUTNANTTI. Älkäämme unohtako hyviä tapoja vaikka onkin sota."

"Pyydän anteeksi – mitä ihmettä sinä siellä teet, herra everstiluutnantti?" Jack huusi.

"Kommandant epäili, että jotain on tekeillä. Käski koluta koko leirin läpikotaisin. Yksi vartija löysi tunnelin, jota olin kaivanut kellariin. Tai no, tunneli on yhtä kuin lusikan raapaisut kivilattiassa. Nyt ne tietävät, että tekeillä on pako. Jokin aika sitten vartijat rynnistivät selleihimme ja raastoivat kaiken hajalle. Piru periköön ne kaikki. Rikkoivat huonekaluja, mylläsivät sänkyjä, etsivät johtolankoja."

"Löysivätkö ne lusikan?"

"**Eivät!** Onnistuin pitämään sen piilossa puristamalla sitä pakaroiden väliin. Sieltä ne eivät sentään katsoneet! Mutta en pystynyt säilyttämään sitä siellä. Piti siis keksiä uusi suunnitelma. Pakenen tänä yönä!"

"Tänä yönä?"

"Aivan, majuri."

"Mutta miten pääset alas? Talossa on neljä kerrosta."

"Aivan. Harmi, etten pakannut laskuvarjoa mukaan. Mutta onnistuin solmimaan tämän!" Vaari konttasi takaisin luukulle ja otti esiin jotakin mikä saattoi olla köysi. Tarkemmin katsottuna se ei sittenkään ollut köysi. Itse asiassa se oli kasa röyhelöisiä alushousuja, jotka vaari oli solminut yhteen.

"Mistä sinä olet saanut nuo pöksyt?"

"Eivät ne ole minun. Sellaistako yrität vihjata?"

"En!" Jack vastasi. Pöksyjä oli tosi paljon, ja nyt niistä oli ilmeisesti tullut pöksyköysi.

"Löysin ne pyykkituvan narulta!" vaari jatkoi. "Siellä oli kymmenittäin naisten alushousuja! Kaikki isokokoisia. Merkillistä!"

Vaari alkoi oikoa köyttä ja laski sitä hitaasti alemmas, kunnes se ylsi maahan saakka.

Voi ei, Jack ajatteli, *vanha vaarini aikoo laskeutua katolta heppoisten röyhelöhousujen varassa.*

"Ole nyt varovainen, vaari, tai siis herra everstiluutnantti."

Jack katseli maan pinnalta, miten vaari sitoi pöksyköyden toisen pään **Illankajon linnan** kellotornin ympärille.

"Varmista, että solmu on luja!" Jack huusi.

Entinen kuninkaallisten ilmavoimien upseeri ei antanut arvoa mokomille kehotuksille. "Kyllä minä naisten alushousut hallitsen, majuri hyvä!"

Vaari nykäisi pöksyköyttä pari kertaa varmistaakseen, että se piti. Sitten hän tarttui siihen lujasti molemmin käsin ja alkoi kavuta seinää alas. Pöksyjen silkki oli yllättävän kestävää ja kannatteli vaarin painon vaivatta.

Vähä vähältä vaari lähestyi maata.

Hetken kyllä näytti, että peli oli pelattu, sillä vaarin jalka lipesi. Toinen tohveli luiskahti märillä tiilillä ja putosi hänen jalastaan. Pudotessaan se osui Jackia päähän.

TUMPS!

"Vilpittömät anteeksipyynnöt, majuri."

Jack poimi tohvelin maasta ja odotti että vaari pääsi hänen luokseen – erittäin vaikuttuneena vaarin voimasta ja notkeudesta. Jack teki tapansa mukaan kunniaa ja ojensi tohvelin vaarille kuin se olisi ollut mitali.

Vaari napitti pyjaman auki ja paljasti että hänellä oli sen alla pikkutakki ja housut.

”Kiitos, kuomaseni!” vaari sanoi ja työnsi jalkansa tohveliin.

Jack tähyili **Illankajon linnan** pihamaata. Valokeilat kaartelivat sen toisessa päässä. Jos he olisivat nopeita, he pääsisivät ehkä muurille ja vapauteen kenenkään näkemättä.

"Selvä, nyt pitää lähteä", Jack kuiskasi.

"Aivan, majuri, tässä on vain yksi pikku juttu."

"Mikä?"

"No, meitä on nyt pakokomiteassa aikamoinen joukko."

"Missä ihmeen pakokomiteassa?" Jack kysyi.

"Psst!" kuului ylhäältä.

Jack ja vaari nostivat katseensa. Katolla seisoi kymmenkunta vanhusta. Kaikilla oli pyjama tai yöpaita.

Porukka kasvoi hetki hetkeltä, sillä pienestä luukusta ahtautui koko ajan lisää väkeä.

Käynnissä oli joukkopako.

41

Kerrassaan mainio temppu

"Laskeutukaa hyvässä järjestyksessä!" vaari komensi. "Yksi kerrallaan!"

Kun ensimmäinen iäkäs asukki laskeutui köyttä, Jack huomautti: "Minä luulin, että noille kaikille tuputetaan unilääkkeitä."

"Ennen tuputettiin. Mutta minäpä panin karkki-rakeet jakoon!"

"Pyysit niitä tosiaan kamalan paljon." Jackiin iski paniikki. "Kuinka monta teitä on tulossa?"

Vaari huokaisi. "Tiedät sanomattakin, että jokaisen brittiläisen sotavangin velvollisuus on paeta."

"AI KAIKKI?"

"Joka ikinen! Pannu tulelle, herra Churchill, me olemme teeaikaan kotona!"

Aina kun uusi vanhus laskeutui maahan, vaari teki

Kerrassaan mainio temppu

kunniaa, ja tulija riisui yöpukunsa, jonka alla oli "siviilivaatteet".

"Hyvää iltaa, majuri!" vaari sanoi vanhalle herralle, jolla oli punainen nenä ja monokkeli. Jack muisti miehen sunnuntaivierailulta.

"Oivallinen ilta paolle, everstiluutnantti!" monokkelityyppi vastasi.

Vaari teki kunniaa seuraavalle ukkelille, joka laskeutui pöksyköyttä.

"Hyvää iltaa, kontra-amiraali!" hän sanoi.

"Iltaa, Bunting. Kerrassaan mainio tämä karkaamistemppu", vastasi kontra-amiraali, joka oli varmaankin ollut aikoinaan korkeassa virassa laivastossa. Hän oli se, jonka kuulokoje oli vislannut niin kovaa, että kaikki muut olivat melkein kuuroutuneet.

"Kiitos, herra kontra-amiraali."

"Tervetuloa alukselleni, otetaan juhlan kunniaksi lasillinen kuohuvaa, kunhan tämä on hoidettu!"

"Mielihyvin", vaari vastasi. "Hyvää yötä ja onnea matkaan."

"Onnea matkaan vain. Onko muuri tuossa suunnassa?" kontra-amiraali tiedusteli, eikä hänellä selvästi ollut minkäänlaista kiirettä pois.

Jack puuttui puheeseen. "On, herra kontra-amiraali. Pitää vain kiivetä pajunoksalle, joka työntyy muurin yli. Sitä kautta pääsee pois."

"Aivan aivan aivan, täytyypä siis käppäillä siihen suuntaan", kontra-amiraali sanoi. "Nähdään toisella puolella." Sen sanottuaan hän teki kunniaa ja alkoi sytyttää piippua.

"Piippu kannattaa ehkä sytyttää vasta muurin takana", Jack sanoi. "Ettei vartiotornista huomata."

"Juu juu juu. Tottahan toki. Olinpas tomppeli!" kontra-amiraali myönteli, työnsi piipun taskuun ja lähti pimeyteen.

Yhtäkkiä katolta kajahti ikään kuin karjaisu. Viimeinen karkuri, suurikokoinen rouva, jonka Jack oli nähnyt edellisenä päivänä oleskeluhuoneessa, oli juuttunut aukkoon. Nyt hän huuteli muita apuun.

"Everstiluutnantti, olen jumissa!" hän
huusi.

"Voi ei!" vaari huokaisi. "Trifle. Ilmei-
sesti naisjoukkolainen."

"Ai ilmavoimien naisjoukoista?" Jack
kysyi.

"Niin, mutta sen sijaan että olisi kartoit-
tanut viholliskoneiden sijainteja hän onkin
syönyt leivoksia! Olisi pitänyt arvata, ettei
hän mahdu pienestä luukusta. Majuri, odota
tässä. Minä menen ylös!" vaari julisti.

"Ei!" Jack sanoi uhmakkaasti. "Liian
vaarallista. Minä tulen mukaan!"

Vaari hymyili hänelle. "Niin sitä pitää!"

He alkoivat kiivetä pöksyköyttä katolle.

"Ylös meneminen onkin raskaampaa!"
vaari totesi.

Pöksyköysi oli venynyt melkein katkea-
mispisteeseen. Nähdessään kaikki repeämät
silkkihepenissä Jack tuumi, ettei köysi ehkä
kannattelisi rouva Triflen painoa. Varasuun-

nitelmaa ei kuitenkaan ollut. Olisi vain pakko yrittää.

Viimein he onnistuivat hilautumaan katolle.

Jack ja vaari katsoivat jumiin jäänyttä rouva Triflea ja miettivät, mitä pitäisi tehdä.

"Toinen ottaa toisesta kädestä, toinen toisesta", vaari ehdotti itsevarmasti, aivan kuin olisi ollut hyvinkin harjaantunut irrottamaan suurikokoisia naisia pienistä aukoista.

"Tämä ei ole nyt ollenkaan arvokasta!" julisti rouva Trifle. Hän oli todella hienoa väkeä. "Ja minun on päästävä *klosettiin.*"

"Siis mihin?" Jack kysyi.

"Tuota, *mukavuuslaitokseen*", rouva vastasi.

"Mihin?" Jack ei ymmärtänyt yhtään, mistä toinen puhui.

"Siis tuota *käymälään!*"

"Öö, anteeksi vain, mutta en tajua!"

"PAKKO PÄÄSTÄ VESSAAN!"

rouva Trifle huusi kiukkuisesti.

"Ai, anteeksi..."

"Se saa nyt odottaa", vaari sanoi. "Ensin pitää saada sinut siitä aukosta."

"Niin! Jos suinkin sopii!" rouva Triflen ääni oli ivallinen, aivan kuin tämä olisi ollut pelkästään vaarin syytä. Ei todellakaan ollut vaarin vika, että rouva oli ahminut leivoksia koko ikänsä. Mutta nyt ei ollut aikaa miettiä mokomia.

"Jos saisimme jonkun peräosaan työntämään!" vaari tuumaili.

"Ihastuttavaa!"

hieno rouva valitti kovalla äänellä. "Kuulostaa siltä kuin olisin rikkinäinen bussi!"

"Kannattaisi ehkä puhua hiljempaa!" vaari kuiskasi. "Muuten vartijat kuulevat."

"En sano enää sanaakaan!" rouva Trifle vastasi äänellä, joka Jackin ja vaarin mielestä oli edelleen aika kova.

"Onko valmista, majuri?" vaari kysyi.

"Valmista on, herra everstiluutnantti", Jack vastasi.

He tarttuivat rouvan käsiin.

"Ja nyt ponnistetaan", vaari sanoi. "Lasken kolmeen.

Yksi, kaksi, kolme, VETO!"

Ei tapahtunut mitään.

Rouva ei hievahtanutkaan.

"Tämä on kaukana iloisesta illanvietosta!" rouva Trifle sanoi hyödyttömästi.

"Uudelleen!" vaari komensi. "Yksi, kaksi, kolme, VETO!"

Ei mitään.

"Muistuttakaa, että jos minut vielä joskus kutsutaan pakoretkelle, *kieltäydyn kohteliaasti!*" mutisi rouva lähinnä itselleen. "Suostuin ainoastaan karkkirakeiden vuoksi."

"Viimeinen yritys!" vaari julisti. "Yksi, kaksi, kolme, VETO!"

Tällä kertaa rouva Trifle onnistui jotenkin liukumaan aukosta takaisin **Illankajon linnaan.**

"Kiitos vain oikein paljon!"

hän marisi. "Nyt jään tänne ikuisiksi ajoiksi!"

"Mitä ihmettä me tehdään?" Jack ihmetteli. "Me ei koskaan saada rouva Triflea vapaaksi, ja aika alkaa loppua!"

42

Peppu mustelmilla

"Annahan kun mietin, majuri", vaari sanoi, kun he sei-
soivat **Illankajon linnan** katolla. "En halua jättää jäl-
keeni yhtäkään miestä..."

"Tai naista!" oikaisi rouva Trifle.

"...tai naista. Tarvitsemme apujoukkoja. Minäpä kut-
sun jalkaväen ja laivaston." Vaari hivuttautui katon reu-
nalle ja huusi alas pimeyteen: "Majuri? Kontra-amiraali?"

"Niin?" kuului vanhan majurin ääni alhaalta.

"Tarvitsen vahvistuksia!"

Sotasankarit palasivat epäröimättä ruohokentän poikki ja pöksyköyttä pitkin ylös. Heidän perässään tuli yksi kerrallaan kymmenkunta karkuria.

"Voisitteko pitää kiirettä?" marisi rouva Trifle. "Minun pitää päästä toilettiin!"

Vanhukset liittyivät kahdeksi ihmisketjuksi. Kummankin ketjun viimeinen tarttui tiukasti rouva Triflen käsivarteen.

"Ryhmätyötä!" vaari julisti. "Sillä tämä sota voitetaan. Ryhmätyöllä! Meidän kaikkien on työskenneltävä yhdessä."

"Hyvin sanottu!" myönteli vanha majuri.

Sitten vaari antoi käskyn. "Yksi, kaksi, kolme,
VETO!"

Tällä kertaa rouva Trifle singahti ulos aukosta. Kaikki lensivät selälleen ja päätyivät katolle kasaksi.

AUH!

"Ryhmätyötä!" huomautti Jack hymyillen kiivetessään esiin kasan alta.

"Bravo, te kaikki!" vaari sanoi. "Nyt pika-pikaa köyttä alas."

Vanhukset laskeutuivat katolta yksi kerrallaan. Viimeisenä jonossa oli rouva Trifle.

Jack tarkasteli rouvaa ja kuiskasi: "En ole varma, kestääkö köysi."

"Varmistin, ja voin vakuuttaa, että kaikki pöksyt ovat brittiläistä huippulaatua. Takaan, että tässä käy hyvin, kunhan Trifle vain kuuntelee ohjeitani ja etenee hitaasti..."

Rouva Trifle ei ollut niitä ihmisiä, jotka kuuntelevat ohjeita. Hän tarttui empimättä pöksyköyteen ja heittäytyi katolta aivan liian ponnekkaasti. Juuri niin kuin Jack oli ennustanutkin, hänen painonsa oli köydelle liikaa. Rouvan liukuessa sitä pitkin huolestuttavan kovaa vauhtia...

"ÄAAAAARRRRRGGGGGHHHHH!"

...yhdet silkkipöksyt
REPEYTYIVÄT.

RIITS!

Ja rouva Trifle putosi

maahan.

Tumps!

"AAAAAAAAAAAAAAAAAUUU UUUUUUUUUUUUUUUUUUU UU!" hän kirkui.

Onneksi pudotus ei ollut pitkä eikä hän satuttanut itseään pahasti. Peppuun vain tuli pari mustelmaa. Pöksyköysi putosi hänen perässään ja laskeutui suoraan hänen päähänsä.

"Nyt olen pöksyjen peitossa!" hän valitti kovalla äänellä. "En voi ikinä enää näyttäytyä sivistyneessä seurassa!"

"Hys!" Jack suhisi.

Liian myöhään. Vartiotorneissa partioivat hoitajat kuulivat väkisinkin rouva Triflen äänekkäät huudot. Valokeila lähti oitis liikkeelle. Toinen osui rouva Trifleen, toinen vanhuslaumaan, joka kiiruhti nurmikentän poikki.

"Pian! Juoskaa pajulle!" Jack huusi katolta. "Se on ainoa reitti pois täältä!" Vanhukset rynnistivät muurille auttaen toisiaan niin paljon kuin pystyivät.

Äkkiä talossa ja pihalla syttyi joukko sokaisevan kirkkaita valoja.

KLING KLONG KLING KLONG KLING KLONG KLING KLONG!

Kellotornin kello alkoi kalkattaa. Hälytys oli annettu.

Yksi valokeila osui katolla seisoviin vaariin ja Jackiin. Heitä ympäröi sokaiseva kirkkaus. Hei eivät pääsisi alas, sillä pöksyköysi oli poikki.

He olivat kiikissä.

43

Kipinkapin alas

Jack ja vaari katsoivat **Illankajon linnan** katolta, kun kurttuiset karkurit luikkivat muurin yli.

"Onnea matkaan, miehet", vaari mutisi ja teki viimeisen kerran kunniaa ennen kuin toiset katosivat näkyvistä.

Perässä rynnisti joukko hoitajia taskulamput ja valtavat verkot käsissään.

Jack ja vaari puolestaan olivat neljän kerroksen korkeudessa. Pöksyköysi oli repeytynyt rikki. Ränni oli kiskaistu irti seinästä. Jos he yrittäisivät hypätä, he luultavasti murtaisivat kaikki luunsa. Jack tajusi, että heillä oli vain yksi mahdollisuus. "Kipinkapin alas."

"Kippis ja kulaus?" vaari toisti hämmentyneenä. "No, kyllä minulle aina ryyppy maistuu. Ottaisin gin-tonicin, kiitos."

"Ei vaan sanoin, että kipinkapin alas luukusta. Se on ainoa reitti pois täältä!"

"Aivan, niinpä tietysti. Hyvin ajateltu, majuri. Suosittelen kenraalille, että antavat sinulle mitalin!"

Jack oli pakahtua ylpeydestä. "Kiitos. Mutta nyt ei ole aikaa hukattavaksi! Mennään!"

Jack otti vaaria kädestä auttaakseen hänet katon poikki. Yksikin luiskahdus, ja he syöksyisivät kuolemaan. Mutta kun he tulivat luukulle, he näkivät ylihoitajan pampun työntyvän siitä ulos. Pampussa sirisi sähköä. Äkkiä Jack tajusi, että se oli sähköpiiska, sellainen jolla maanviljelijät antoivat lehmille sähköiskuja ohjatakseen ne oikeaan suuntaan. Ylihoitajan käsissä se oli varmasti jonkinlainen kidutusväline.

Ylihoitaja ryömi ulos luukusta ja nousi seisomaan. Hän piteli sähköpiiskaa ilmassa, ja hänen viittansa hulmusi.

Sitten muutkin hoitajat tunkivat jykevät ruhonsa aukosta ja tulivat ylihoitajan viereen.

Ilkeä neiti Swine lähestyi häijy hymy huulillaan, hoitaja kummallakin puolellaan.

"Arvasin eilen pihalla, että teillä kahdella oli pahat mielessä", hän hyrisi. "Täältä on tänä yönä tehty joukkopako, ja te kaksi olette sen johtajia!"

"Älkää rankaisko häntä! Pyydän!" Jack aneli. "Pako
oli minun ideani!"

"Minun tässä pitää joutua jalkapuuhun, Kommandant. Tämä nuorukainen ei liity suunnitelmaan millään tavoin!"

"HILJAA!" ylihoitaja huusi. "Molemmat!"

Tuli hiljaista.

Ylihoitaja painoi sähköpiiskan nappia, ja sen kärjestä sinkoutui salama.

"Mitä te aiotte tehdä tuolla?" vaari kysyi.

"Olen varta vasten antanut säätää tämän niin, että tässä kulkee miljoonan voltin edestä sähköä! Yhdellä napinpainalluksella kellistän aikuisen miehen tajuttomaksi."

Vaari veti Jackin suojelevasti selkänsä taa. "Barbaarista toimintaa!" vaari huudahti. "Sotavankien kiduttaminen on kiellettyä!"

Neiti Swinen kasvoille levisi mielipuolinen hymy. "Odottakaas vain." Sitten hän pisti hoitaja Ruusua sähköpiiskalla ja painoi nappia. Piiskan kärjestä singahti sinivalkoinen kipinä.

Hoitajan koko ruumis näytti hetken säkenöivän sähköä. Ylihoitaja nosti sormensa napilta, ja hoitaja lyyhistyi tajuttomana katolle.

Neiti Swine naureskeli itsekseen, kun taas Jack ja vaari tuijottivat häntä sanattomina. Miten hän oli saattanut tehdä noin omalle kätyrilleen? Jopa hoitaja Nuppu näytti hermostuneelta ja liikehti hämillään.

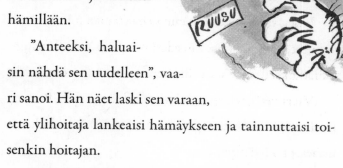

"Anteeksi, haluaisin nähdä sen uudelleen", vaari sanoi. Hän näet laski sen varaan, että ylihoitaja lankeaisi hämäykseen ja tainnuttaisi toisenkin hoitajan.

"Minä en mokomaan hämäykseen lankea!" ylihoitaja ilmoitti. Hoitaja Nuppu huokaisi helpotuksesta.

"Ota kiinni!" neiti Swine komensi.

Järeä hoitaja astui tajuttoman työtoverinsa yli ja ampaisi eteenpäin. Hän loikkasi vaaria ja Jackia kohti paksut käsivarret ojossa.

"Kellotorniin!" vaari huusi.

Illankajon linnan kello soitti yhä hälytystä. Lähempänä ääni yltyi korviahuumaavaksi. Kello riippui pienessä tornissa, ja siitä lähti pitkä paksu köysi.

"TARTU KÖYTEEN!"

vaari huusi. Se oli hankalaa, sillä köysi liikkui nopeasti ylös alas kellonsoittajan nykiessä sitä.

Jack katsoi olkansa yli ja näki, että hoitaja Nuppu lähestyi heitä. Neiti Swine tuli perässä sähköpiiskaa heilutellen. Ei ollut valinnanvaraa. Jack loikkasi ja tarttui köyteen molemmin käsin. Hän liukui köyttä niin kovaa vauhtia, että tuntui kuin kädet olisivat syttyneet tuleen.

"Argh!" hän huusi.

Jack vilkaisi alas, ja näki, että kellonsoittaja oli hoitaja Kukka. Hoitaja nosti katseensa samalla hetkellä kuin Jack rysähti hänen päälleen.

Ryskis!

Hoitaja pehmitti laskeutumista ja menetti samassa rytäkässä tajunsa. *NAPPISUORITUS!* Jack ajatteli. Mutta maassa retkottavan hoitaja Kukan peruukki oli pudonnut, ja sen alta oli paljastunut ajeltu pää. Kun tarkemmin katsoi, saattoi nähdä, että hoitajan naamaa peitti sänki.

Hän oli mies!

44

Meistä on moneksi

Kellotornin juurelle kantautui meteliä, ja Jack nosti katseensa. Hän näki vaarin liukuvan köyttä aikamoisella vauhdilla. Hän astui nopeasti pois tieltä.

"Katso, everstiluutnantti, hoitajatar on mies!" Jack sanoi vaarin tullessa. Nyt hän ymmärsi, miksi *Illankajon linnan* hoitajat olivat niin isoja ja järeitä. "Ehkä ne kaikki ovat!"

Vaari tirkisteli miestä. "Meistä on moneksi, ei siinä mitään. Minun kanssani oli samaan aikaan koulutuksessa erinomainen lentäjä nimeltä Charles. Viikonloppuisin hän pynttäytyi ja pyysi, että kutsumme häntä Clarissaksi. Hänestä tuli verrattoman sievä nainen. Sai jokusen kosinnankin."

Ikävä kyllä Jackilla ei ollut aikaa sulatella tätä kiinnostavaa tiedonmurua. Heidän oli hankkiuduttava ulos

Illankajon linnasta. Vaari tunsi rakennuksen sisäosat paremmin kuin Jack. "Mihin mennään seuraavaksi, herra everstiluutnantti?" Jack kysyi.

"Mietin juuri, majuri, mietin juuri..." vaari vastasi.

Mutta ennen kuin hän ehti miettiä, Jack huusi:

"Varo!"

Jack nykäisi vaarin pois tieltä, kun hoitaja Nuppu viuhui alas hyvin karvaiset jalat kietoutuneina köyteen.

"Pian! Tänne päin!" vaari sanoi, ja kaksikko ampaisi liikkeelle.

Hoitaja Kukka oli virkoamaisillaan, kun hoitaja Nuppu jysähti hänen päälleen ja kolkkasi hänet uudelleen.

Ryskis!

Törmäys lennätti peruukin hoitaja Nupunkin päästä. Hänkin oli mies! *Kaikki* **Illankajon linnan** *hoitajat ovat varmaan miehiä*, Jack ajatteli. Vanhainkodissa ei mikään ollut sitä miltä näytti.

Samalla kun kaljupäinen hoitajakorsto kömpi pystyyn, Jack ja vaari tulivat ovelle. Se oli auki, ja he pamauttivat sen nopeasti kiinni.

PAM!

Hoitaja Nuppu (tai mikä hänen oikea nimensä sitten olikin) jyskytti ovea nyrkeillä, jotka olivat jykevät kuin tiilet, ja Jack ja vaari puskivat selkänsä sitä vasten. "Hoitaja" oli vahva kuin härkä, eivätkä he pystyisi pidättelemään häntä pitkään.

"Senkki, majuri!"

vaari komensi.

Vaari painautui ovea vasten sillä aikaa, kun Jack työnsi raskaan huonekalun sen eteen ja telkesi hoitaja Nupun ja hoitaja Kukan kellotorniin.

Ovi alkoi pamahdella senkkiä vasten...

PAM! PAM! PAM!

...ja kaksikko säntäsi pitkää käytävää kohti ulko-ovea.
Portaista alkoi kumista askelten ääniä. Varmaan siellä oli
uusi joukko "hoitajia", jotka epäilemättä etsivät karku-
laisia.

"Niitä on joka paikassa", Jack kuiskasi painautuessaan
vaarin kanssa kaappikellon kylkeen "hoitajien" mennessä
ohi. "Me ei ikinä päästä ulos täältä!" hän sanoi.

"No siinä tapauksessa... opin tämän koulutusleirillä!"
vaari julisti. "Ainoa mahdollisuus on naamioitua heikä-
läisiksi."

Jack ei ollut varma, oliko hän ymmärtänyt oikein.

"Siis..."

"Aivan, majuri. Meidän on sonnustauduttava heidän
univormuihinsa."

45

Peruukkeja ja meikkiä

Kun Jack ja vaari astuivat ulos pukuhuoneesta, heistä oli sukeutunut hämmästyttävä hoitajakaksikko. Jack oli poikkeuksellisen lyhyt, eikä vaari ollut ehtinyt ajaa pois tuuheita viiksiään.

Pukuhuone oli vanhainkodin takaosassa, ja siellä oli pitkä tanko täynnä hoitajien univormuja. Jack ja vaari olivat napanneet kiireesti niistä kaksi ja vetäneet ne omien vaatteittensa päälle. Pukuhuoneen peräseinällä oli korkea peili ja pöydällä kokoelma peruukkeja ja iso laatikollinen meikkejä, joita Jack ja vaari olivat käyttäneet. Vaarista oli tullut näyttävä blondi, kun taas Jack oli viehättävä ruskeaverikkö.

Jack oli oikeassa: kaikki hoitajat olivat selvästi valeasuisia miehiä. **Illankajon linna** ei tosiaankaan ollut mikään tavanomainen vanhainkoti. Aina kun yhden kerroksen kuori pois, alta paljastui jotain entistä merkillisempää.

Kun he kipittivät käytävällä, joukko "hoitajia" jyristeli ohi kohti ulko-ovea. Vaari nyökkäsi Jackille, että heidän pitäisi liittyä joukkoon. Millään muulla tavalla he eivät pääsisi pois. Piti vain rukoilla, ettei kukaan pysäyttäisi heitä, kun he pujottelivat käytäväsokkelossa kohti vapautta.

Kun "hoitajat" pääsivät ovelle, vaari ja Jack olivat heidät kannoillaan. Mutta juuri kun he olivat aikeissa paeta pimeyteen, kuului huuto: **"SEIS!"**

Kaikki "hoitajat" kääntyivät katsomaan ylihoitajaa, joka seisoi heidän takanaan heilutellen terästettyä sähköpiiskaansa. Hoitajat Kukka ja Nuppu kävelivät hänen rinnallaan. He olivat panneet peruukkinsa nurin päin päähän ja näyttivät vielä hölmömmiltä kuin aikaisemmin. Ylihoitaja lähestyi "hoitaja"-armeijaansa hitaasti, naputellen hiljaa kämmentään kidutuskapineellaan.

Jack ja vaari hivuttautuivat mahdollisimman huomaamattomasti porukan taakse, ettei ylihoitaja näkisi heitä.

"Muut asukkaat ovat ilmeisesti pakosalla. Toistaiseksi. Mutta paon johtajat ovat edelleen **Illankajon linnassa.** Olen siitä varma", neiti Swine julisti. "Tunnen sen luissani. Heitä ei saa päästää menemään."

"Kyllä, ylihoitaja", kajahti kuoro, naisääniksi aivan liian möreä.

"Teidän on jakauduttava pareiksi ja etsittävä rakennuksen jokainen kolo ja loukko, kunnes he ovat löyty-

neet. Jos epäonnistutte, saatte tuta sähköpiiskaani!" yli-
hoitaja huusi.

"K-k-k-kyllä, ylihoitaja." Vaikka kaikki "hoitajat" oli-
vat vahvoja miehiä, oli selvää, että he pelkäsivät pomoaan
kuollakseen.

Ylihoitaja jatkoi määräysten jakamista arvovaltaisella
äänellä. "Hoitajat Tulppaani ja Hyasintti, etsikää makuu-
saleista."

"Kyllä, ylihoitaja", kuului vastaus, ja kaksikko marssi portaisiin.

"Hoitajat Orvokki ja Lemmikki. Te kaksi koluatte tämän kerroksen, oleskeluhuoneen ja keittiön. Perusteellisesti."

"Kyllä, ylihoitaja", vastasi toinen kaksikko ja lähti liikkeelle.

"Hoitajat Kukka ja Nuppu!"

"Niin, ylihoitaja?" lausuivat "hoitajat" yhteen ääneen.

"Te saatte etsiä kellarista."

"Mutta minä pelkään pimeää!" valitti hoitaja Kukka.

Neiti Swinen ilme vääristyi inhosta. Hän ei ollut tottunut siihen, että hänen käskyjään uhmattiin. Hän läimäytti sähköpiiskan kämmeneensä. "Teet niin kuin minä sanon!"

"Kyllä, ylihoitaja!" vastasi hermostunut "hoitaja" pelosta tutisten.

He poistuivat.

Nyt käytävässä olivat vain ylihoitaja ja hänen uusimmat "hoitajansa", Jack ja vaari.

"Kun taas te..." neiti Swine katsoi suoraan heihin. Vaari ja Jack eivät voineet enää piiloutua kenenkään taa. Jack seisoi varpaisillaan näyttääkseen pitemmältä. Vaari taas piti käsiä viiksiensä peittona ja oli yskivinään.

"Teitä kahta en ole ennen nähnytkään. Keitä te olette?" neiti Swine tivasi.

Jack puhui mahdollisimman möreästi. "Hoitajia."

"Mitkä teidän nimenne ovat?"

Jackin ja vaarin oli ajateltava nopeasti, etteivät he jäisi kiinni.

"Hoitaja Sinikello!" Jack vastasi.

"Ja hoitaja Graham", sanoi vaari, sillä hän oli unohtanut, että piti valita tyttömäinen nimi.

Jack tökkäsi häntä vaivihkaa kyynärpäällään. "Siis Gardenia!"

Ylihoitaja lähestyi heitä hitaasti ja rauhallisesti. Molemmat yrittivät epätoivoisesti pysyä tunnistamattomina ja painoivat vaistomaisesti päänsä. Se vain vahvisti ylihoitajan epäilyksiä. Hän tuli yhä lähemmäs taputellen edelleen kämmentään piiskalla.

"Käsi pois naamalta", hän kuiskasi vaarille.

Vaari oli taas yskivinään. "On pienoista flunssaa pidellyt!"

Ylihoitaja tarttui vaarin käteen. Hän puristi lujaa, painoi pitkät terävät kyntensä vaarin ihoon. Sitten hän riuhtaisi kovalla voimalla vaarin käden alas ja paljasti kuninkaallisten ilmavoimien lentäjäviikset.

"Unohtui aamulla nyppiminen", vaari yritti.

Tietenkään hän ei hämännyt ketään. Ylihoitaja nosti hitaasti ja varmasti sähköpiiskaa ja työnsi sen lähelle vaarin naamaa. Piiskan kärjestä sinkosi salama.

Vaari nielaisi kauhusta.

GULPS!

46

Palaneet viikset

"Suokaa anteeksi! Minun on päästävä mukavuuslaitokseen", lausui rouva Trifle juuri sillä hetkellä. Puhuessaan hän marssi sisään etuovesta vaarin ja Jackin takaa. Hän ei näköjään ollutkaan paennut muurin yli muiden asukkaiden mukana vaan tehnyt täyskäännöksen ja liihotellut suoraan takaisin *Illankajon linnaan* etsimään vessaa. Tämä ei todellakaan kuulunut suunnitelmaan mutta tarjosi loistavan harhautuksen juuri sillä hetkellä, kun sitä kipeästi tarvittiin.

Neiti Swine käänsi päätään ja näki rouva Triflen porhaltamassa ovesta. Vaari tarttui tilaisuuteen ja nappasi ylihoitajaa ranteesta, kun sähköpiiska oli vain muutaman sentin päässä hänen naamastaan. Hetken he kävivät äänetöntä kamppailua. Ylihoitaja oli paljon vahvempi kuin vaari oli aavistanutkaan, ja sähköpiiskan kärki

lähestyi koko ajan. Äkkiä siitä
singahti sähköisku.

Se poltti toisen viiksenkärjen poroksi.

Liekit sihisivät, ja vaarin silmien ohi pöllähti pieni harmaa savupilvi. Vaari katsahti viiksiään, jotka olivat olleet niin muhkeat. Nyt toisella puolella oli vain mustunut pätkä, kuin makkara, joka on jäänyt grilliin sadaksi vuodeksi. Sitten hiiltynyt kärki mureni ja putosi tomuna lattialle.

Vaari oli nuoruudesta saakka ylpeillyt moitteettomalla ulkoasullaan – jopa hoitajan univormussa ollessaan. Mutta kaksirivinen takki, jossa oli kiiltävät kultanapit, kuninkaallisten ilmavoimien solmio ja prässätyt harmaat housut eivät merkinneet mitään, jos viikset eivät olleet täydellisesti kiharretut.

Vaarin mielestä hänen viiksenkärkensä polttaminen oli suoranainen maanpetos. Raivo antoi hänelle melkein yli-inhimilliset voimat. Hän työnsi ylihoitajan käden kauemmas.

"Majuri, ota tuo yöastia, pian!" hän määräsi.

Jack poimi lattialta posliinipotan ja meni hämmennyksissään tarjoamaan sitä rouva Triflelle.

"Kiitos, ystäväiseni", rouva sanoi. "Eihän tämä ihanteellinen ole, mutta jos tähtään hyvin, niin pärjään kyllä!"

"Ei, majuri! Käytä sitä Kommandanttiin!"

Ylihoitaja käännähti samalla hetkellä, kun Jack nosti potan ilmaan ja kalautti häntä kalloon.

Potta räsähti sadoiksi pieniksi sirpaleiksi.

"Kiitos vain paljon!" rouva Trifle nurisi. "Olin jo valmiina." Kaikki kolme katsoivat ilkeää ylihoitajaa, joka retkotti lattialla raajat ojossa kuin meritähti.

"Aikaa ei ole hukattavaksi!" vaari äyskähti.

"Pääsisinkö nyt piipille?" rouva Trifle tiedusteli vaativasti.

"Nyt ryhdistäydyt, Trifle! Pitää vain odottaa!" vaari komensi.

"Tässä iässä ei voi odottaa, jos on hätä!" rouva Trifle puhisi. "Kun on men-

tävä, on mentävä! Saata minut, kiitos! Luulin että olet herrasmies."

"Niin minä olenkin!" vaari huudahti, mutta nyt hänen herrasmiesmäisyytensä oli kovalla koetuksella.

"Miksi sinulla sitten on tuollainen asu?" rouva Trifle tiedusteli.

"Tämä on osa pakosuunnitelmaa!" vaari tiuskaisi. "Kas niin rouva, aikaa ei ole hukattavaksi, tartu käsivarteeni."

"Kiitos, everstiluutnantti. Minun poloinen... ömm... mikä onkaan sovelias sana?" Rouva Trifle osoitti takamustaan.

"Ahteri?" ehdotti vaari.

"Ei!" rouva Trifle sanoi.

"Peppu!" Jack sanoi pahankurisesti.

"EI!" Nyt rouva Trifle oli jo äkäinen.

"Olen hieno nainen! Piti sanoa takaosani! Poloinen takaosani on kovin kipeä pudotuksen jäljiltä. Vaikea kävellä suoraan!"

Vaari talutti rouvan ritarillisesti kulman ympäri lähimpään vessaan.

"Voi mikä herrasmies! Tuntuu kuin olisin nuori neito ensimmäisissä tanssiaisissa!" rouva Trifle sanoi punastellen.

"Majuri?" vaari huusi.

"Niin?"

"Pitäisitkö silmällä Kommandanttia?"

"Pidän!" Jack vastasi hymyillen. Vaikka hän tärisi jännityksestä, hän oli sangen tyytyväinen itseensä, koska oli antanut neiti Swinelle tyrmäävän iskun.

Jack katsoi ylihoitajaa. Kasvoissa oli jotain oudon tuttua: pienet silmät ja pysty nenä. Mutta ennen kuin Jack ehti keksiä, missä hän oli nähnyt neiti Swinen aikaisemmin, ylihoitaja alkoi havahtua. Potta oli kyllä kolkannut hänet, mutta hän oli jo virkoamassa. Ensin värähtelivät sormet, sitten silmät alkoivat räpytellä.

Jackiin iski hirvittävä pelko.

47

Ravistus ja menoksi

"Everstiluutnantti!" Jack huusi käytävään, ja hänen äänessään oli aavistus pakokauhua.

"Mitä asiaa?" kuului vaarin ääni kulman takaa.

"Kommandant on tulossa tajuihinsa!"

Seuraavaksi kuului kuinka vaari koputti vessanoveen.

KOP KOP.

"Trifle, pidäpä vähän kiirettä!"

"Naista ei saa hoputtaa käymälässä!" rouva Trifle
ärähti sisältä.

"Pyydän, hyvä rouva!" vaari huusi.

"Olen odottanut tätä jo niin kauan, että haluan toimittaa asiani kaikessa rauhassa!"

Juuri silloin Jack huomasi, että ylihoitajan raajatkin
alkoivat kiemurrella eloon.

"Everstiluutnantti!" hän huusi epätoivoissaan.

Vaari yritti uudestaan hoputtaa rouva Triflea.

KOP KOP KOP.

"Valmista!" rouva vastasi lopulta oven takaa. "Pitihän se arvata! Täällä ei ole paperia. Voisitko olla kullanmuru ja käydä etsimässä? Imukykyistä kiitos, en siedä sitä kiiltävää ja kovaa!"

"Nyt ei ole aikaa." Vaari yritti puhua kohteliaasti, mutta äänensävy paljasti, että rouva alkoi käydä kovasti hänen hermoilleen.

"Mitä minun sitten pitäisi tehdä?" valitti rouva Trifle.

"Ravistat ja menoksi! Niin me miehet teemme!"

Oli hetken hiljaista, ja sitten rouva Trifle ilmoitti hyväntuulisesti: "No mutta kiitos! Sepä tepsikin!"

Jack kääntyi katsomaan iäkkäitä karkureita, kun he ilmestyivät kulman takaa. Yhtäkkiä vaari huusi: "Majuri! **PIDÄ VARASI!**"

Jack käännähti. Ylihoitaja kömpi parhaillaan pystyyn ja osoitteli häntä sähköpiiskalla.

"PAKENE!" vaari huusi.

Neiti Swine sohi Jackia aseellaan kuin miekalla, ja sen kärjestä sinkoili säkeniä. Paksuihin samettiverhoihin

Jackin taakse osui kipinöitä. Siinä samassa verhot syttyivät tuleen, ja pian liekit nuolivat jo kattoa.

48

Liekkimeri

Jack pakeni lieskoja käytävään. Hän pääsi vaarin ja rouva Triflen luo. He juoksivat yhdessä poispäin tulipalosta. Ylihoitaja hoippui heidän perässään piirtyen mustana vasten lähestyvää liekkimerta. Tuli eteni kovaa vauhtia ja saisi ylihoitajan pian kiinni.

"ARGH!" neiti Swine huusi polttavassa kuumuudessa.

Tulipalo levisi ahmien kaiken eteen tulevan. Liekit lepattivat jo käytävässä ylihoitajan edessäkin. Hän oli hetkessä lieskojen vanki.

"Pidä huoli rouva Triflesta, kuomaseni", vaari käski.

"Minun pitää pelastaa Kommandant!"

"Mitä?" Jack ei voinut uskoa korviaan.

"Vaikka Kommandant on vihollisen puolella, minun täytyy yrittää pelastaa hänet – se on kunnia-asia upseerille ja herrasmiehelle!"

Vaari nosti käsivarren kasvojensa suojaksi ja käveli rohkeasti kohti neiti Swinea.

"Kommandant!" hän huusi. "Tarttukaa käteeni!"

Hän ojensi kätensä tuliseinän läpi.

Neiti Swine kurkotti häntä kohti omalla kädellään. Hän puristi sitä tiukasti ja hymyili sitten viekasta hymyä.

"Tästä saat, höperö ukko!" hän huusi ja nosti sähköpiiskan ilmaan.

"VARO!" Jack huusi.

Mäiskis!

Liian myöhään.

Neiti Swine oli mojauttanut vaaria sähköpiiskalla päähän, ja vaari oli kaatunut tajuttomana lattialle.

"Eiiii!" Jack huusi.

49

Kuumaa kuin pätsissä

Neiti Swinen kasvoille nousi mielipuolinen hymy. Hän näytti murhanhimoiselta. Mutta kun hän heilautti sähköpiiskaa uudelleen ilmassa antaakseen vaarille sähköiskun, hän horjahtikin korkeilla koroillaan. Hän kellahti selälleen tuleen huutaen: "AAAAAARRRRRRRRRR RRRGGGGGGGGGG GGHHHHHHHHH HH!!!!!"

Jack rynnisti vetämään poloisen isoisänsä liekkimeren alta.

Talosta ei päässyt pois kuin etuoven kautta, ja se oli liekkien takana. Jack oli jo aikaisemmin saanut selville, että **Illankajon linnan** takaovi oli muurattu umpeen, ja ikkunoissa oli kalterit. Talo oli oikea kuoleman-loukku.

Nyt käytävässä tuprusi paksua mustaa savua. Alkoi olla kuuma kuin pätsissä.

Jack veti syvään henkeä. Hänen oli löydettävä jokin ulospääsytie. Ja nopeasti. Hänellä oli nyt kaksi vanhusta huolehdittavanaan. Tajuttomaksi kolkattu vaari ja hieno nainen, joka kävi pahasti hänen hermoilleen.

Jack otti vaarin jalat kainaloihinsa ja veti hänet rouva Triflen luo turvallisen matkan päähän tulesta.

"Pakko sanoa", rouva tuumi, "että tämä paikka on mennyt kovasti alaspäin!"

"Voitko auttaa!" Jack pyysi. "Tartu toiseen jalkaan!"

Kerrankin rouva Trifle teki työtä käskettyä. "Saanko tiedustella, mihin olemme menossa?"

"Mihin tahansa! Pois tulesta!" Jack kiljui.

He raahasivat vaaria pitkin käytävää ja isoja portaita ylös.

Eteneminen oli rankkaa, sillä vaaripoloisen pää kolahti jokaiseen askelmaan.

PUMP

PUMP

PUMP.

"Au! Au! Au!" vaari mumisi tasaiseen tahtiin.

Hyvä puoli oli se, että töyssähtely herätti hänet, ja kun he pääsivät toiseen kerrokseen, hän oli jo avannut silmänsä.

"Oletko kunnossa?" Jack kysyi ja kumartui katsomaan vaaria.

"Olen. Vain ikävä kuhmu päässä. Jos vielä yritän pelastaa Kommandantin, sinun täytyy estää!"

"Lupaan!" Jack vastasi ja riisui hoitajan univormun omien vaatteittensa päältä.

"Anteeksi nyt", rouva Trifle sanoi ja naputti häntä olalle, "miten meidän on tarkoitus päästä pois tästä kamalasta paikasta?"

"En tiedä vielä!" Jack kivahti. Hän kävi mielessään läpi niitä **Illankajon linnan** huoneita, jotka oli nähnyt pari iltaa sitten kiivetessään ränniä pitkin. Äkkiä hänen päähänsä pälkähti niin pähkähullu idea, että se voisi jopa toimia.

"Everstiluutnantti, onko sinulla vielä ne rullaluistimet, jotka toin yhtenä iltana?" hän kysyi.

"On", vaari vastasi kummissaan, nousi pystyyn ja repi hoitajanunivormun yltään.

"Voisitko hakea ne?" Jack kysyi hätäisesti.

"Tottahan toki. Ne ovat makuusalissani. Piilotin ne patjaan."

"Hae ne sitten heti paikalla! Ja naru myös! Ja tiedätkö missä ylihoitajan... siis Kommandantin työhuone on?"

"Totta kai."

"Siellä on pöydällä kasa huippusalaisia öö... natsipapereita! Ota kaikki jotka löydät. Nähdään huoneessa, joka on tämän tasanteen päässä", Jack sanoi ja osoitti.

"Kuitti!"

Vaari ampaisi matkaan, ja rouva Trifle katsoi Jackia ällistyneenä. "Lapsukaiseni, tämä ei ole sopiva aika lähteä rullala–" Kuulosti aivan siltä, kuin hän olisi aikonut sanoa "rullalautailemaan" ja tajunnut kesken kaiken erehdyksensä. "–rullalaitsemaan."

"Rullaluistelemaan?" Jack oikaisi.

"Niinhän minä sanoin!" rouva Trifle tuhahti.

"Ei! Minulla on parempi ajatus! Tule perässä!"

Jack hoputti rouva Triflen tasanteen viimeiselle ovelle. Hän oli muistanut oikein: oven takana oli *Illankajon linnan* hirvittävin huone.

Arkkuhuone.

"Hyvänen aika sentään!" rouva henkäisi kauhistuneena nähdessään puiset arkkurivistöt. "Minä vähän epäilinkin, että se kammottava ylihoitaja ja hänen puistattavat alaisensa vain odottivat meidän kuolemaamme. Tiedän olevani vanha, mutta kyllä minussa vielä henki pihisee!"

Jack sulki oven pitääkseen savun poissa ja lähestyi rouva Triflea. Rouvan silmät kiilsivät kyynelistä, ja Jack laski kätensä lohduttavasti hänen olalleen.

"Kyllä me päästään täältä pois. Lupaan", Jack kuiskasi.

Ovi lensi auki. Tulija oli vaari, joka kantoi ylpeänä rullaluistimia, narua ja ylihoitajan työhuoneesta napattuja testamentteja. Hän teki kunniaa, Jack samoin. Sitten vaari huomasi arkut Jackin selän takana.

"Hyvänen aika sentään, mitä ihmettä me täällä teemme?" hän jylisi.

Jack kokosi hetken ajatuksiaan. "Raj sanoi, että **Illankajon linnasta** pääsee pois vain arkussa..."

"En ymmärrä", rouva Trifle sanoi.

"Suu puhtaaksi!" vaari sanoi.

"No, Raj taitaa olla oikeassa. Juuri niin me täältä lähdetään. Arkussa..."

50

Kerkku

"Tolkutonta!" rouva Trifle julisti ylväästi.

"Jos saan sanoa, rouva, minusta majurin ajatuksessa on itua!" vaari vastasi.

"Kiitos!" Jack sanoi. "Jos meillä on onnea, huippunopea arkku suojelee meitä liekeiltä tarpeeksi kauan. Pitää vain löytää kaikkein suurin ja kiinnittää rullaluistimet sen pohjaan narulla."

Rouva Trifle tuhahti taas – hän oli aikamoinen tuhahtelija – mutta liittyi mukaan etsintöihin. Aika pian he löysivät kaikkein suurimman arkun. He sitoivat pikavauhtia rullaluistimet sen alle. Seuraavaksi he nostivat arkun telineeltä lattialle.

Jack vieritti sitä edestakaisin, ja vaari hymyili. Hän oli opettanut pojan hyvin: suunnitelma oli loistava.

Heti avattuaan oven Jack tunsi tulipalosta hohkaavan

kuumuuden. Kaikkialla tup-
rusi mustaa savua. Kol-
mikko lykkäsi arkun
kiireesti tasanteel-
le. Päästyään portai-
siin he näkivät nii-
den juurella tulisei-
nämän valmiina nielai-
semaan heidät. Aika alkoi
loppua. Nopeasti.

"Rouva Trifle", Jack aloitti.

"Niin, kultaseni?"

"Mene sinä ensin."

"Tämä ei ole ollenkaan arvokasta!" rouva valitti mut-
ta teki työtä käskettyä ja kipusi ajoneuvoon. Jack piteli
painavaa kantta kainalonsa alla ja antoi käskyn.

"No niin, everstiluutnantti, täyttä vauhtia!"

"Kuitti!" vaari vastasi.

Epätavallinen sankarikaksikko juoksi pyörin varus-
tetun arkun rinnalla ja otti niin kovan vauhdin kuin
kykeni.

Arkku oli melkein kuin kelkka.
Kelkka-arkku.
Kerkku.

Samalla hetkellä, kun he tulivat ylimmän portaan kohdalle, he loikkasivat rouva Triflen taakse. Ensin Jack. Sitten vaari. Rouva kirkui, kun kerkku ryskyi täyttä vauhtia alas portaita...

"Argh!"

"Aarrgghh!!"

KLONK

K_{LONK} K_{LONK}

...suoraan kohti tulipätsiä. Jack veti kannen heidän
päälleen ja piti lujasti kiinni.

Sisällä kerkussa oli nyt pilkkopimeää. Kun se ryski ja rysähteli ensin alas portaita ja sitten pitkin alakerran käytävää, sinne tuli yhtäkkiä hehkuvan kuuma.

Oli KUUMA KUUMA KUUMA.

Hetken he olivat kuin kolme kyljystä uunissa.

Sitten...

RYSKIS!!

...kerkku räiskähti ovesta ulos.

BUUM!

Jackin suunnitelma oli mennyt nappiin.

JES!

Pyörien ääni muuttui. Rahina merkitsi, että nyt he etenivät ulkona soratiellä. He olivat onnistuneet!

Kerkku nytkähti pysähdyksiin. Jack työnsi kannen pois. Hän huomasi heti, että ruskea arkku oli pikimusta noesta.

Jack loikkasi ulos ja auttoi ensin vaarin ja sitten rouva Triflen pystyyn.

Illankajon linnan portti oli edelleen kiinni, ja niinpä Jack johdatti toiset muurin yli kurkottavien pajunoksien luo. Hän auttoi ensin muita ja kiipesi itse perässä. Seistessään oksalla Jack ja vaari katsoivat **Illankajon**

linnaa vielä viimeisen kerran. He olivat pelastuneet täpärästi.

Koko rakennus oli tulen vallassa. Liekit löivät ikkunoista ja nuolivat seiniä. Kattokin oli tulessa.

Juuri ennen kuin he kääntyivät lähtemään, Jack sanoi: "Onnittelut! Sinä teit minkä piti!"

Vaari katsoi häntä. "Ei. ME teimme!"

Jack huomasi, että kaikki "hoitajat" pakenivat kaukana niittyjen poikki. Neiti Swinea ei näkynyt missään. Oliko hän jäänyt loukkuun palavaan rakennukseen? Vai oliko hänkin päässyt pakoon?

Jackilla oli aavistus, että hän näkisi neiti Swinen vielä.

51

Hurma

Jackin pyörän selässä kolmikko oli kuin mikäkin sirkus-ryhmä. Pyörä oli suunniteltu yhdelle hyvin pienelle lapsel-le, ei suurehkolle lapselle ja kahdelle vanhukselle. Kokeil-tuaan eri asentoja he löysivät viimein kelvollisen. Jack istui satulassa polkemassa, rouva Trifle tasapainoili sar-vien päällä ja vaari seisoi takana.

Jack ei nähnyt rouva Triflen takaa yhtikäs mitään. Rouvan leveä takamus oli aivan hänen naamansa edessä. Vaarin piti siis huutaa ohjeita, kun he jyristeli-vät maalais-tietä kaupunkia kohti.

"Käännös neljäkymmentä astetta oikeaan! Lähestyvä maitoauto kello kolmessa!"

Suunnitelmana oli mennä suoraan poliisiasemalle. Nyt heillä oli todisteena nippu vaarin varastamia väärennettyjä testamentteja (siis huippusalaisia "natsipapereita"), ja valtakunta saisi lopultakin tietää ruman totuuden **Illankajon linnasta** ja ilkeästä naisesta, joka sitä johti – löydettiinpä häntä tai ei. Jos "hoitajat" jäisivät kiinni, hekin joutuisivat pitkäksi aikaa telkien taa pahojen tekojensa vuoksi.

Polkeminen oli rankkaa etenkin ylämäessä, ja kun he viimein pääsivät poliisiasemalle, oli jo aamuyö. Kaupunki oli täysin tyhjä. Koska Jack ja vaari olivat juuri vastikään joutuneet selkkauksiin poliisin kanssa, poika tuumi, että rouva Trifle olisi paras henkilö menemään sisään ja esittelemään todistusaineiston poliisille – siis vihollisen salaiset suunnitelmat brittiläiselle tiedustelupalvelulle, niin kuin vaari ajatteli.

"Näkemiin, rouva Trifle!" Jack sanoi. Rouva oli käynyt hänen hermoilleen, mutta ikävä tulisi silti.

"Näkemiin, nuori mies", rouva Trifle sanoi. "Aikamoinen yö. En varmaan enää ikinä kykene tanssimaan *Gisellessä*, mutta kiitos."

"Näkemiin, Trifle", vaari sanoi.

"Näkemiin vain, everstiluutnantti", rouva Trifle sanoi keimailevasti.

Hän sulki silmät ja suipisti suunsa pitkään, viipyilevään suudelmaan, ja vaari näytti hieman ujolta.

Vaari suikkasi suukon rouvan poskelle, ja sekin sai rouvan hurmaantumaan. Hänen sydämessään taisi olla paikka sotasankarille.

He katsoivat, kun rouva Trifle katosi poliisiasemalle, ja sitten Jack kääntyi vaarin puoleen. "No niin, on tosi myöhä. Pitää viedä sinut kotiin."

"Oi ei ei ei, majuri." Pelkkä ajatuskin näytti naurattavan vaaria.

"Miten niin ei?" Jack kysyi.

"Ei niin kuin ei! Oletko unohtanut, että nyt käydään sotaa?"

"Mutta –"

"Luftwaffe voi hetkenä minä hyvänsä aloittaa uuden hyökkäyksen. Minun on välittömästi astuttava palvelukseen."

"Etkö voisi hengähtää hetken? Ottaa pikku tupluurit?" Jack kysyi epätoivoisena.

"Eikö sinulla ole yhtään seikkailunhalua? Meidän täytyy palata tukikohtaan ja hakea Spitfire lentokonehallista!"

"Mitä?"

Vaari katsoi pilviä.

Jack katsoi samaan suuntaan.

"Meidän täytyy nousta heti paikalla taivaalle!" vaari julisti.

52

Ruuvi löysällä

Ei.

Se oli mahdotonta.

Spitfire oli kaukana Lontoossa, riippui sotamuseon katosta. Se oli ikivanha, eikä sillä ollut lennetty vuosiin. Pysyikö se enää edes ilmassa?

Tempaus oli estettävä, ja oli siis ajateltava nopeasti.

"Everstiluutnantti."

"Niin, majuri?"

"Mitä jos pirauttaisin kenraalille?"

Vaari katsellessa Jack avasi poliisiaseman edessä nököttävän punaisen puhelinkioskin oven. Ei Jack tietenkään tiennyt ilmavoimien kenraalin numeroa. Hän hämäsi vaaria soittamalla Neiti Ajalle. Numero oli helppo muistaa: 123.

Hän piti oven raollaan, jotta vaari kuulisi, ja ryhtyi käymään kuvitteellista keskustelua kuninkaallisten ilmavoimien päällikön kanssa. Vuonna 1940.

"Kas! Hyvää huomenta, herra kenraali. Tässä puhuu majuri Bunting. Aivan, on kovin myöhäistä, tai kovin varhaista, riippuu siitä mistä suunnasta katsoo! **Hah-haa!**" Jack ei ollut koskaan ollut mukana koulunäytelmässä, mutta nyt hän sai näytellä niin vakuuttavasti kuin suinkin osasi.

Linjan toisesta päästä kuului nauhoitus.

"Kello on nolla, kaksi, nolla, nolla", ja perään: "Piip. Piip. Piip."

Vaari seisoi kadulla vaikuttuneena nuoren lentäjän ja kenraalin läheisistä väleistä ja keskinäisestä leikinlaskusta.

"Olen everstiluutnantti Buntingin seurassa. Aivan. Juuri niin, rohkeimman lentäjänne..."

Vaari oli pakahtua ylpeydestä.

"Meillä on hienoja uutisia!" Jack jatkoi. "Everstiluutnantti on paennut Colditzin vankileiriltä! Tottahan toki, erittäin uskalias pako. Hän auttoi joka ainoan jalkaväkimiehen, merimiehen, ilmavoimien miehen ja naisen ulos siitä kirotusta paikasta. Mitä sanoitte? Everstiluutnantin täytyy siis levätä ja toipua? Ottaa hyvin ansaittu loma?"

Äkkiä vaarin ilme muuttui. Hän ei ollut ollenkaan ilahtunut.

"Tämä on siis käsky? Ei hätää, ilmoitan asian itse", Jack sanoi Neiti Ajalle. "Määräys siis kuuluu, että everstiluutnantti omistautuu vähäksi aikaa puutarhanhoidolle? Lukee hyvän kirjan? Leipoo pari kakkua?"

Vaari ei ollut niitä miehiä, jotka kuluttavat päiviään kakkuja leipoessa.

"Hyvä tavaton sentään! Nyt on sota! Minun on palattava Spitfirelleni välittömästi! Se on velvollisuuteni! Saanko puhua kenraalin kanssa itse?"

Vaari nappasi luurin Jackilta.

"Herra kenraali! Tässä puhuu everstiluutnantti Bunting."

"Kello on nolla, kaksi, nolla, yksi, neljäkymmentä", kuului luurista.

"Mitä sanotte? Tiedän kyllä mitä kello on! Ei teidän tarvitse kertoa mitä kello on! Herra kenraali!"

Vaari asetti kummissaan luurin paikoilleen ja kääntyi katsomaan Jackia. "Ikävä sanoa, mutta kenraalilta on ruuvi löysällä! Se riivattu vain selitti mitä kello on!"

"Soitetaan uudelleen!" Jack pyysi aavistuksen epätoivoisena.

"Ei ei ei! Ei ole aikaa. Meidän on lähdettävä *ylös, ylös korkeuksiin!*"

OSA III

YKSI KONE PUUTTUU

53

Uljauden päivät

Jack onnistui vakuuttamaan vaarille, että ennen kuin he lähtisivät "ylös, ylös korkeuksiin", heidän pitäisi pysähtyä hankkimaan muonavaroja. Oli varhainen aamu, ja Jack tiesi, että ainoastaan yksi kauppa oli auki. Rajin kioski-kauppa. Tosiasiassa Jack toivoi, että Raj kykenisi puhumaan vaarille järkeä.

klinG!

Oli tosiaan varhaista, mutta Raj seisoi jo tiskin takana. Hän lajitteli sanomalehtiä jaettaviksi niin kuin joka aamu.

"Herra Bumting! Täällä taas!" hän totesi. Hänen oli vaikea uskoa silmiään. Nähtyään, miten neiti Swine oli omakätisesti kärrännyt vaarin **Illankajon linnaan,** hän oli luullut, etteivät he ihan pian näkisi toisiaan.

"Aivan, char wallah! Pakenin sakemannia!" vaari ilmoitti.

"Saksanpaimenkoiraa?" Raj ihmetteli.

Jack puuttui puheeseen: "Siis natseja!" ja kuiskasi sitten: "Vaarihan luulee, että on sota!"

"Aivan, aivan", Raj kuiskasi.

"Me tarvitsemme muonavaroja, char wallah! Ja nopeasti. Pitää palata koneelle ennen aamunkoittoa."

Raj vilkaisi Jackin ilmettä. Jack pudisti vähän päätään, ja siitä Raj tajusi, että salainen neuvonpito oli tarpeen.

"Ota mitä tarvitset!" Raj sanoi vaarille, joka alkoi etsiskellä syötävää. "Jos siis jotain löytyy. Dhriti-täti mursi oven yön aikana ja söi kaiken, minkä käsiinsä sai. Nakersi jopa palan värityskirjasta."

Jack varmisti, että vaari oli kuulomatkan ulkopuolella, ja alkoi selittää.

"Autoin vaarin pakoon **Illankajon linnasta.**"

"Oliko siellä niin kamalaa kuin kerrotaan?"

"Kamalampaa. Paljon kamalampaa. Vaari luuli olevansa Colditzin vankileirillä, ja yhtä hyvin olisi voinut ollakin. Mutta nyt se haluaa lähteä lentämään Spitfirella!"

"Ai sillä, joka on museossa?"

"Niin! Ihan hullua! En enää tiedä, mitä sille pitäisi sanoa. Voisitko sinä puhua sille järkeä?"

Raj näytti vaipuvan ajatuksiinsa.

"Vaarisi oli sotasankari. Ne olivat hänen uljauden päiviään."

"Niin niin niin, tiedän", Jack myönteli. "Mutta –"

Vaarin mutustellessa puoliksi pureskeltua suklaalevyä, jonka hän oli löytänyt lattialta kaupan perukoilta, Raj nosti sormensa. "Mutta mutta mutta! Miksi aina pitää olla mutta?"

"Mutta –"

"Ja taas mutta! Jack, vaarisi on hyvin vanha. Hänen ajatuksensa hämärtyvät päivä päivältä pahemmin. Hänellä on sairaus, joka hapertaa hänen mieltään."

Sanat nostivat kyynelen Jackin silmään. Raj kietoi kätensä hänen ympärilleen.

"Epäreilua!" Jack julisti ja niiskaisi. "Miksi minun vaarilleni piti käydä näin?"

Halutessaan Raj osasi olla viisas. "Jack, ainoa mikä pitää hänet voimissaan on se, että sinä olet hänen rinnallaan."

"Minä?" Jack ihmetteli. Hän ei nyt ymmärtänyt.

"Niin – sinä! Aina kun te olette yhdessä, vaarisi palaa uljautensa päiviin."

"Niin kai."

"Niin se on. Kuule, tiedän että tämä on hullua, mutta välillä on hyvä olla hullu. Miksei vanha sankari saisi lentää vielä kerran?"

Jack pyyhki kyynelen hihaansa. Hän katsoi Rajia ja nyökkäsi. Itse asiassa hänkin oli päässyt seikkailujen makuun ja halusi kokea niitä lisää. He olivat lukemattomia kertoja leikkineet hävittäjälentäjää. Aina nukkumaan mennessään hän oli kuvitellut olevansa sellainen.

Nyt hän voisi toteuttaa unelmansa.

"Everstiluutnantti!" hän sanoi.

"Niin, majuri?" vaari vastasi täysin tietämättömänä Jackin ja Rajin juttutuokiosta.

"Lähdetään lentoon!"

54

Kilpasilla auringon kanssa

Hetken kuluttua kaikki kolme istuivat Rajin vanhan
kolhuisen moottoripyörän kyydissä ja kiisivät kohti sota-
museota. Mitä kovempaa he menivät, sitä äänekkäämmin
moottoripyörä rämisi. Jack, joka oli ahtautunut Rajin ja
vaarin väliin, pelkäsi että ikäkulu kapistus rämisisi hajalle.

He ajoivat kilpaa auringonnousun kanssa. Spitfiren varastaminen saattaisi käydä helpommin, mikäli he ehtisivät museolle ennen aamunkoittoa. He olisivat pimeyden suojissa, ja jos heillä kävisi tuuri, gorillamainen vartija ei ehkä olisi ehtinyt aloittaa vuoroaan.

Oli niin varhaista, ettei liikennettä juuri ollut. Matka museolle kesti tunnin, ja sinä aikana he ohittivat vain jokusen auton, muutaman rekan ja tyhjän bussin. Maailma ei ollut vielä hereillä.

Raj jätti Jackin ja vaarin sotamuseon edustalle. Ei näkynyt ihmisiä, vain puluparvi rakennuksen katolla.

"Onnea matkaan, everstiluutnantti", Raj sanoi ja teki kunniaa.

"Kiitos, char wallah", vaari vastasi nyökytellen.

"Ja onnea matkaan sinullekin, majuri." Raj teki kunniaa myös Jackille.

"Kiitos, Raj... char wallah."

"Pitäkää nyt huoli itsestänne! Enkä muuten veloita mitään siitä puoliksi syödystä suklaalevystä, jonka löysitte kaupan lattialta!"

"Kovin ystävällistä", vaari vastasi.

Lopulta Raj käynnisti moottoripyörän ja rämisteli taas matkaan.

Jack ja vaari olivat juuri paenneet yhdestä hyvin suojatusta rakennuksesta, ja nyt heidän piti tunkeutua toiseen samanlaiseen. Museo oli täynnä korvaamattoman arvokkaita historiallisia esineitä, ja siksi se oli tarkoin vartioitu. Pikainen tarkastus ulkopuolelta vahvisti Jackin arvelut. Kaikki ikkunat ja ovet olivat lukossa. Viimeksi vaari oli päässyt kävelemään noin vain sisään siksi, että museo oli ollut auki yleisölle. Tällä kertaa se ei onnistuisikaan yhtä helposti.

Palatessaan pääovelle he olivat melkein luopuneet toivosta.

"Joku tomppeli on lukinnut lentokonehallin!" vaari mutisi.

Jack katsoi rakennusta. Korkealla roomalaistyylisten pylväiden yläpuolella kohosi iso vihreä kupoli. Sen alaosassa oli pieniä pyöreitä ikkunoita, vähän niin kuin laivan venttiilejä. Yksi näytti olevan aavistuksen raollaan. Ehkä se olisi mahdollista kangeta auki. Mutta miten he pääsisivät katolle?

Miettiessään asiaa Jack nojasi valtavaan laivatykkiin, joka nökötti pihalla molemmat piiput ylväästi koholla.

"Everstiluutnantti?"

"Niin, kuomaseni?"

"Jos tämän tykin saisi käännettyä niin, että se osoittaa toiseen suuntaan, me voitaisiin kiivetä sitä pitkin tuon avoimen ikkunan luo."

Tykki oli isolla metallijalustalla. He yrittivät työntää sitä, mutta se ei hievahtanutkaan.

Jack tunnusteli sen alapuolta ja löysi valtavia ruuveja.

"Minulla on vielä se kauha!" hän ilmoitti. Hän oli pihistänyt sen koulun ruokalasta muttei ollut päässyt antamaan sitä vaarille.

"Voidaan käyttää sitä ruuvimeisselinä!" vaari sanoi.

Hän kiersi ruuvit tuota pikaa irti käyttäen kauhanvartta meisselinä.

He painoivat olkapäänsä vasten jalustaa, pinnistivät kaikki

voimansa ja työnsivät niin kovaa kuin pystyivät.
Urakka oli raskas, mutta viimein tykki
osoitti kohti museota.

Jack kiipesi toisen piipun päälle, vaari toisen. He levittivät kätensä pysyäkseen pystyssä ja etenivät varovasti piippuja pitkin. Parin askelen jälkeen Jack tajusi, ettei kannattanut katsoa alas, sillä pudotus oli pitkä.

Lopulta he pääsivät museon katolle. Nähdessään siellä liehuvan lipun vaari teki kunniaa, ja Jackista tuntui, että hänen oli pakko tehdä samoin.

Katto oli pulunkakan peitossa ja hyvin liukas, varsinkin jos sattui liikkumaan tohveleissa.

"Tänne päin!" Jack sanoi ja osoitti pientä vihreää ikkunaa, joka oli jätetty aavistuksen raolleen. Hän sai juuri ja juuri tungettua pienet sormensa raosta ja avattua ikkunan.

"Hyvin toimittu, majuri!" vaari sanoi.

Vaari nosti Jackia, niin että poika pääsi kiipeämään ikkunasta. Sitten Jack ojensi kätensä ja auttoi vaarin sisään.

He olivat murtautuneet sotamuseoon.

Jack täyttyi riemusta kuin ilmapallo.

Nyt piti vain varastaa Spitfire.

55

Tankin kyydissä

Jack ja vaari juoksivat portaita alas suureen saliin, jonka katossa lentokoneet riippuivat.

Hävittäjät oli korjattu edellisen vierailun jälkeen. Spitfire oli kunnostettu entiseen loistoonsa.

Seinällä oli vinssi, ja kiertämällä sitä hurjaa vauhtia he saivat sotakoneen maahan.

Lähellä oli lasivitriini, jossa oli kuninkaallisten ilmavoimien univormuihin puettuja mallinukkeja. Vaari ja Jack tekivät nopean ratkaisun ja tuuppasivat ensimmäisen maailmansodan aikaisen hevosvetoisen tykin päin vitriiniä. Lasi särkyi sirpaleiksi.

He rynnistivät pukeutumaan pikavauhtia lentovarusteisiin, aivan kuin heidät olisi juuri komennettu taisteluun.

Jack katsoi peilikuvaansa viereisen vitriinin lasista:

SUOJALASIT – ON

KYPÄRÄ – ON

LENTOHAALARI – ON

HUIVI – ON

RUSKEA NAHKATAKKI – ON

KENGÄT – ON

KÄSINEET – ON

LASKUVARJO – ON

Heillä oli varusteet päällä.

Spitfire oli maassa.

Mutta innostuksensa keskellä he olivat unohtaneet yhden seikan.

Merkittävän seikan.

"Everstiluutnantti", Jack sanoi.

"Niin, majuri?"

"Miten me saadaan kone ulos täältä?"

Vaari katsoi ympärilleen kummastuneen näköisenä. "Se tomppeli, joka suunnitteli tämän lentokonehallin, unohti kokonaan ovet!"

Jackista tuntui kuin ilmapallo olisi tyhjentynyt hänen sisällään. Museoon tunkeutuminen oli ollut vaikeaa, mutta Spitfiren saaminen ulos taisi olla mahdotonta.

Salin toisella puolella oli ensimmäisen maailmansodan aikainen tankki. Se oli britti-

läinen Mark V -tankki, maastonvihreä, valtavilla telaket-
juilla varustettu. Se oli niin iso ja raskas, että murskaisi
varmasti betoniakin.

Jack sai aatteen. "Osaatko ajaa tankkia?" hän kysyi
vaarilta.

"En! Mutta ei kai se kovin vaikeaa voi olla." Vaari oli
aina valmis tarttumaan haasteisiin.

He juoksivat tankille, kiipesivät luukulle ja avasivat
sen. Kun he pudottautuivat ahtaaseen ohjaamoon, vastas-
sa oli joukko kummallisia polkimia ja vipuja.

"Kokeillaanpa noita", vaari sanoi.

Hän käynnisti moottorin ja nykäisi vivusta, joka sai tankin peruuttamaan vauhdikkaasti.

"Pysäytä!" Jack huusi.

Liian myöhään. Sotamuseon museokauppa oli tuhoutunut.

Jack joutui pienoisen paniikin valtaan ja veti lähimmästä vivusta, ja silloin ikivanha tankki syöksähti hurjasti eteenpäin.

RÄISKIS!!

Se teki museon seinästä selvää aivan uskomattoman vaivattomasti.

Nyt he alkoivat jo päästä jyvälle tankin ajamisesta ja jyräsivät hetken edestakaisin, jotta seinän aukosta tulisi kyllin iso Spitfiren siiville.

RYSKIS!!
Bäng!
RÄISKIS!

Sitten he kömpivät ulos tankista ja rynnistivät takaisin Spitfiren luo. He hyppäsivät sen siivelle ja kiipesivät ohjaamoon. Siinä oli vain yksi istuin niin kuin melkein kaikissa toisen maailmansodan hävittäjissä, ja niinpä Jack asettui vaarin syliin.

"Täälläpä on lokoisaa", vaa-
ri tuumi.

Ensimmäisen kerran elä-
mässään Jack istui oikean Spit-
firen ohjaamossa. Hänen unel-
mansa oli toteutumaisillaan.

Hän oli vuosia leikkinyt lentäjää vaarin kanssa, ja nyt
hän näki, että ohjaamo oli juuri sellainen kuin vaari oli
kuvaillut.

Oli kojetaulu, jossa oli nopeutta ja korkeutta säätä-
viä vipuja.

Sen alapuolella oli kompassi.

Tähtäimet olivat tietysti kasvojen korkeudella.

Jackin polvien välissä oli ohjaustanko. Sen päässä oli
kaikkein jännittävin kapistus: nappi josta konekiväärit
laukaistiin.

Vaari aloitti tarkistukset.

"Ohjaamon kupu kiinni? Tarkistettu!

Potkuri? Tarkistettu!

Akku? Tarkistettu!

Laskusiivekkeet ylhäällä?

Navigointilaitteet?

Lentolaitteet? Tarkistettu!

Tankki? Tankki? Tyhjä!"

Jack katsoi polttoainemittaria. Se tosiaan näytti tyhjää tankkia. Siinä he istuivat valmiina lähtöön mutta eivät pääsisi mihinkään.

"Odota tässä, majuri", vaari sanoi.

"Mitä aiot tehdä?" Jack kysyi.

"Toisen pitää mennä työntämään!"

56

Tankki täyteen!

Jack istui lentäjän paikalla ja ohjasi, kun vaari ponnisti voimansa ja työnsi hävittäjän ulos museosta ja kadulle. Onneksi melkein koko matka oli alamäkeä.

He etsivät bensa-asemaa, sillä jos he aikoivat lähteä lentoon, kone piti tankata.

Vähän matkan päästä kadun varresta löytyikin bensa-asema.

Aseman kassaneiti tuijotti suu järkytyksestä auki, kun pihalle rullasi toisen maailmansodan hävittäjä.

Jack huusi ohjaamosta: "Oletko varma, että Spitfireen sopii ihan tavallinen bensa?"

"Ei se siitä ilahdu!" vaari vastasi. "Luultavasti se yskii ja pärskii vähän. Mutta kyllä se silti kulkee."

Lentokoneeseen menee tietysti paljon enemmän bensaa kuin autoon.

Jack tuijotti huolissaan, kun mittarin lukema kohosi
sadasta punnasta kahteensataan, sitten kolmeen ja neljään.

"Onko sinulla rahaa?" hän tiedusteli.

"Ei. Onko sinulla?"

Viimein vaari arvioi, että tankki oli täynnä, ja samalla hetkellä hinta nousi 999 puntaan. Vaari tuumi, että saman tien sen voisi pyöristää tuhanteen. Mutta hän painoi liian lujaa, ja hinnaksi tulikin 1000,01 puntaa.

"Pahus!" hän huusi.

"Millä me·maksetaan?"

"Ilmoitan neidille, että olemme suorittamassa kuninkaallisten ilmavoimien virallista tehtävää. Koska on sota, olemme ottaneet polttoaineen käyttöömme."

"Onnea yritykseen!"

Vaari ei ymmärtänyt ivaa vaan marssi maksuluukulle.

Samalla hetkellä viereisen bensapumpun viereen ajoi pieni keltainen auto. Jack näki ohjaamosta, että ratin takana istui sotamuseon iso karvainen vartija. Hän oli univormussa, varmaankin matkalla töihin.

"Vaari! Siis everstiluutnantti!"

Jack huusi.

"Anteeksi, neiti", vaari sanoi ja kääntyi katsomaan Jackia kulmat koholla. "Mitä nyt, majuri?"

"Kannattaa ehkä palata koneeseen! Heti!"

Vartija oli jo noussut autosta valmiina ottamaan Jackin käsittelyynsä.

"Hei! Sinä!"

"Radiosta tuli viesti!" Jack huusi epätoivoissaan. "Meidän on noustava ilmaan välittömästi!"

Vaari lähti juoksemaan kohti konetta huutaen samalla ohjeita. "Valmiina siis! Käynnistä moottori!"

He olivat leikkineet lentämistä niin monta kertaa vaarin luona, että Jack tiesi täsmälleen, missä oikea nappi oli. Hän painoi sitä, ja neljäkymmentä vuotta vanha kone mörähti eloon.

"Mitä te nyt olette tekemässä?" vartija huusi moottorin ärjynnän yli.

"Ala rullata!"

vaari huusi juostessaan pihan poikki.

"NEITI! SOITA POLIISILLE!"

vartija karjui.

Kun Spitfire liukui pois huoltoasemalta, vaari juoksi perään ja loikkasi sen siivelle.

Vanttera vartija jahtasi heitä ensin jalan, mutta pian hänen kylkeensä alkoi pistää ja hän nilkutti takaisin autolle jatkaakseen takaa-ajoa sillä.

Nyt Spitfire rullasi jo kovaa vauhtia kadulla samalla kun vaari konttasi siipeä pitkin ohjaamoa kohti.

Jack oli juuri opetellut liikennesäännöt pyöräilyä varten, ja kun valo vaihtui punaiseksi, hän iski jarrut pohjaan.

Pieni keltainen auto ajoi heidän rinnalleen, ja vartija alkoi karjua kiukkuisesti. Jack ei tiennyt mitä hänen pitäisi tehdä, ja niinpä hän vain hymyili ja vilkutti.

"Miksi pysähdyit, kuomaseni?" vaari huusi.

"MENE

MENE

MENE!"

Vaari onnistui kömpimään ohjaamoon. Hän sulki katoksen, kiinnitti turvavyön, tarttui ohjaimiin, ja hävittäjä lähti ärjyen liikkeelle.

Spitfire eteni isoa katua Thamesjoen eteläpuolella.

Vastaan huristeli autoja. Vaari onnistui aina viime hetkellä kaartamaan pois tulijoiden tieltä aivan kuin hän olisi leikkinyt hengenvaarallista väistämisleikkiä.

Moottorin jyrinän lomasta kuului sireenien ääni. Ensin se kantautui kaukaa, mutta se lähestyi koko ajan.

Pii paa

Pii paa.

Jack katsoi olkansa yli ja näki, että heitä jahtasi koko-
nainen poliisiautokolonna.

"Tarvitaan pitkä pätkä avointa tietä, että päästään
ilmaan!" vaari sanoi. Mutta ei Lontoon keskustasta sel-
laisia löytynyt.

Jack katsoi oikealle. Katuja. Sitten hän katsoi vasemmalle ja näki Waterloon sillan tulevan esiin.

"Käänny vasemmalle!"

"Kuitti!"

Kone kiepahti vasemmalle ja kiihdytti pian sillalla kuin se olisi ollut kiitotie.

Samalla Jack näki, että sillan toiseen päähän ilmestyi poliisiautoja, jotka yrittivät tukkia heiltä tien.

”Katso!”

Vaari kiihdytti vauhtia poliisiautojen muodostaessa tiesulkua. Jos Spitfire ei kohoaisi ilmaan juuri nyt, se RYSÄHTÄISI JA RÄISKÄHTÄISI suoraan niitä päin...

57

SVIUUH!

HUUSH!

Jackin yli hyökyi valtaisa helpotus, kun hän tajusi, että he olivat ilmassa.

"Ylös, *ylös korkeuksiin!*" vaari sanoi.

"Ylös, *ylös korkeuksiin!*" Jack toisti.

Spitfiren laskutelineen mustat pyörät vain hipaisivat yhden tiesuluksi asettuneen poliisiauton kattoa ja kone keinahti vähän. Mutta he selvisivät.

Nyt he olivat menossa suoraan kohti historiallista Savoy-hotellia. Vaari veti ohjaussauvan taakse, ja kone ampaisi korkealle ilmaan. Vaari halusi päästä esittelemään taitojaan poliiseille, ja hän teki voitokkaan vaakakierteen.

SVIUUH!

Oli kuin miekkavalas olisi loikannut vedenpinnan yläpuolelle todistaakseen täydellisen ylivoimaisuutensa koko muun luomakunnan rinnalla.

Sellainen Spitfire oli. Se oli kaikkien aikojen hienoin sotakone. Ja sen ohjaimissa oli yksi kuninkaallisten ilmavoimien loistavimmista lentäjistä.

Vaarin käsissä vanha kone toimi kuin uposen uusi ralliauto. Se teki tiukkoja kieppejä: vaari lensi niin läheltä St Paulin katedraalia, että Jackin sydän löi tyhjää. Sitten se jyrisi Thamesjoen yllä ohi museosotalaiva HMS Belfastin ja kohti Towerin siltaa. Sillan puoliskot olivat juuri kohoamassa, ja vaari lisäsi vauhtia ja suhahti suoraan ali.

Ensimmäisen kerran lyhyen elämänsä aikana Jack tunsi olevansa täydellisesti elossa. Vapaa.

"Sinun vuorosi, majuri", vaari sanoi.

Jack ei ollut uskoa korviaan. Vaari antoi koneen ohjaimet hänelle.

"Jos olet ihan varma."

"Kuitti!"

Vaari irrotti kätensä ohjaustangosta ja Jack puristi sitä lujasti. Juuri niin kuin vaari oli selittänyt, kone reagoi aivan pienenpieniin liikkeisiin.

Jack halusi koskettaa taivasta. Hän veti ohjaustangon taakse, ja kone kohosi ylös, ylös, ylös. He kiitivät pilvien läpi, ja sitten vastassa oli aurinko. Leiskuva tulipallo, joka valaisi koko taivaan.

Pilvien yläpuolella he olivat vihdoinkin yksin. Lontoo oli kaukana alhaalla, yläpuolella oli vain avaruutta.

"Haluan tehdä silmukan!"

"Kuitti!"

Jack veti ohjaussauvan terävästi itseään kohti, ja kone kaarsi taivaalle. Sitten he olivat ylösalaisin! Mikään muu ei merkinnyt mitään – vain tämä hetki.

Tämän rinnalla menneisyys ja tulevaisuus olivat mer-
kityksettömiä.

Jack piti kätensä ohjaussauvalla, ja pian kone oli taas
oikeinpäin. Oliko kulunut sekunteja? Vai minuutteja?

Yhdentekevää. Kaikki muu oli yhdentekevää. Kaik-
ki mitä oli tapahtunut. Kaikki mitä vielä tapahtuisi. Oli
vain tämä hetki, NYT.

Jack imi itseensä kaiken. Voiman joka liimasi hänet penkkiin. Moottorin jyrinän. Polttoaineen tuoksun.

Spitfire oikaisi itsensä ja hipoi pilviä lentäessään suoraan kohti aurinkoa.

Sitten sokaisevassa punaisessa valossa erottui kaksi salaperäistä pistettä. Valo häikäisi niin, että ensin oli mahdoton nähdä, mitä pisteet olivat. Mutta ne lähestyivät kovaa vauhtia.

58

Emme antaudu koskaan

Kun pisteet tulivat lähemmäs, Jack tajusi, että ne olivat Harrier-hävittäjiä. Ne olivat nykyaikaisia suihkukoneita, ja ne suhahtivat Spitfiren ohi uskomatonta vauhtia.

Jackia pelotti – mitä koneiden oli tarkoitus tehdä? Ampua heidät alas? Harrierit lensivät niin läheltä, että tuntui kuin ne olisivat antaneet jonkinlaisen varoituksen. Jack näki että koneet tekivät täyskäännöksen heidän selkänsä takana. Siinä samassa ne olivat saaneet heidät kiinni ja asettuivat heidän rinnalleen. Molemmilla puolilla oli kone, niin lähellä että siivet melkein koskettivat toisiaan. Suihkukoneiden lentäjien kypärässä oli musta visiiri, joka peitti silmät, ja suun edessä oli maski. He näyttivät pikemminkin roboteilta kuin ihmisiltä.

"Saksalaisilla on uuden uutukaiset koneet!" vaari sanoi.

Jack katsoi vasemmalle, sitten oikealle.

Lentäjät viittoivat heitä laskeutumaan.

"Ne pyytävät, että me mennään alas", Jack huusi.

"Majuri, mitä Churchill sanoi?"

Jack oli oppinut historiantunneilla, että toisen maail-
mansodan aikainen pääministeri Winston Churchill oli
sanonut paljonkin kaikenlaista mieleenpainuvaa. Juu-
ri nyt hän ei tiennyt, mitä lausahdusta vaari tarkalleen
ottaen tarkoitti.

"Koskaan ihmiskunnan sotaisassa historiassa ei niin moni ole ollut niin paljosta kiitollisuudenvelassa niin harvalle?"

"Ei."

"Taistelemme rannoilla?"

"Ei."

Jack kaiveli muistiaan. "Minulla ei ole tarjota muuta kuin verta, uurastusta, kyyneleitä ja hikeä?"

"Ei. Ei se", vaari vastasi ja alkoi hämmentyä. "Suuri pääministerimme sanoi jotain luovuttamisesta. En muista ihan tarkasti, mitä se oli, mutta sen muistan, että sitä me emme tee koskaan!"

"Emme antaudu koskaan?" Jack ehdotti.

"Se se oli! Enkä minä antaudu..."

Jack nielaisi peloissaan.

59

Silkkaa runoutta

Vaari veti ohjaussauvan taakse, ja Spitfire singahti ylöspäin
kuin raketti. Harrier-suihkukoneiden lentäjät joutuivat
hetkeksi ymmälleen mutta läh-
tivät sitten perään. Spitfiren
puupotkurista ei olisi luul-
lut olevan vastusta nykyai-
kaisille suihkumoottoreille.
Mutta vaarin käsissä ikivan-
ha kone oli sukkelampi kuin
Harrierit. Toki se välillä rämisi
ja yski ja pärski. Mutta sen lento oli
silkkaa runoutta.

Yhtäkkiä toinen takaa-ajajista laukaisi
ohjuksen, joka suhahti Spitfiren ohi ja räjähti tai-
vaalla.

BUUM!

Se oli selvästi tarkoitettu vain varoitukseksi.

Harrierit olisivat voineet ampua Spitfiren taivaalta yhdessä silmänräpäyksessä. Silti Jackin yli vyöryi pelko.

Lontoon keskustan yläpuolella lentävä tunnistamaton hävittäjä oli valtava turvallisuusriski. Harrierit oli lähetetty hakemaan heidät maahan.

Spitfiren radiosta kuului ääni.

"Tämä on Harrierin lentäjä. Spitfire, lennätte lentokieltoalueella. Teidän on laskeuduttava välittömästi. Loppu!"

"Emme antaudu koskaan! Loppu!" vaari vastasi.

"Emme halua vahingoittaa teitä, mutta olemme saaneet määräyksen ampua teidät alas, jos ette laskeudu! Loppu!"

"Loppu ja kuittaan!" vaari sanoi ja sammutti radion.

60

Halki tulen

Jack ja vaari kuulivat, että heidän takanaan laukaistiin taas ohjus. Vaari käänsi koneen sivuun, ja ammus lensi ohi hipaisten Spitfiren mahaa.

BUUM!

Toinen ohjus räjähti aivan Spitfiren edessä. Jack sulki silmät koneen kiitäessä halki tulen.

"Sinun pitää tehdä niin kuin ne sanovat!" Jack huusi korviahuumaavan räjähdyksen yli.

"Mieluummin kuolen täällä sankarina kuin luovutan ja elän orjan elämää maan kamaralla."

"MUTTA –!"

"Sinun täytyy kyllä hypätä!" vaari huusi melun läpi.

"En jätä sinua, vaari!"

"Vaari?" Äkkiä vaari kuulosti hämääntyneeltä.

"Niin. Vaari", Jack toisti. "Minä tässä, Jack – sinun pojanpoikasi."

"Oletko minun... pojanpoikani?"

"Olen."

"Jack?" vaari kysyi.

Yhtäkkiä tuntui siltä, että vaari oli täysin läsnä ja hetkessä kiinni.

"Niin. Jack."

"Suurenmoinen lapsenlapseni. Jack! En halua että sinulle käy kuinkaan. Sinun pitää hypätä."

"En halua jättää sinua!" Jack huusi.

"Mutta minun täytyy jättää sinut."

"Kiltti vaari, en halua että kuolet!"

"Rakastan sinua, Jack."

"Minä rakastan sinua."

"En minä kuole niin kauan kuin sinä rakastat minua."

Sen sanottuaan vaari käänsi koneen ylösalaisin, avasi ohjaamon kuvun ja nykäisi Jackin laskuvarjon nyöriä.

"Ylös, ylös korkeuksiin!"

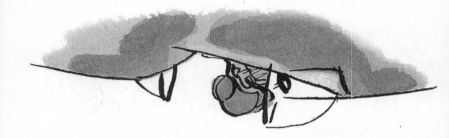

vaari huusi lapsenlapsensa perään ja teki kunniaa viimeisen kerran.

61

Maanpinnalle

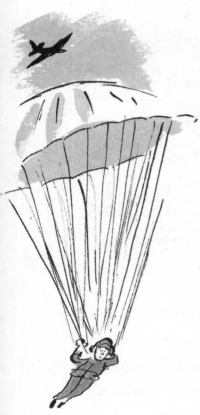

Laskuvarjo avautui heti ja ilmavirta veti Jackin kauas lentokoneesta. Harrierit jyrisivät ohi, kun hän katsoi Spitfiren nousua yhä ylemmäs.

Leijuessaan kohti maata Jack tähysi taivaalle. Pian Spitfire oli vain pikkiriikkinen piste kaukaisuudessa. Lopulta piste katosi kokonaan.

"Ylös, ylös ja korkeuksiin", Jack sanoi itsekseen, ja kyynelet valuivat hänen silmistään.

Jack katsoi alas ja näki Lontoon levittäytyvän allaan. Ylhäältä katsoen vilkas suurkaupunki näytti rauhalliselta. Joki, puistot, isojen rakennusten katot olivat asettuneet tiiviisti lähekkäin kuin neliöt lautapelissä.

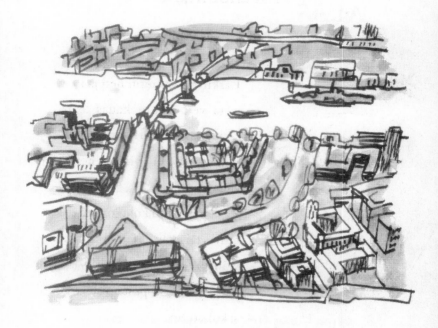

Kerran eräänä aurinkoisena iltapäivänä vaarin luona he olivat leikkineet, että he hyppäsivät laskuvarjolla osuman saaneesta Spitfiresta. Vaikka Jack ei ollut koskaan hypännyt oikeasti, hän osasi ohjata itsensä turvallisesti maahan nykimällä laskuvarjon naruista.

Hän huomasi alapuolellaan avoimen tilan. Siellä oli paljon vihreää, ja niinpä hän arveli, että se oli puisto. Hän suuntasi kohti puistoa ja pehmeää laskeutumista.

ALAS

ALAS

ALAS

hän liiteli.

Pian hän jo viisti puunlatvoja. Viimein hän osui maahan, muisti koukistaa polvia ja kierähti siististi leikatulle ruoholle. Hän jäi makaamaan paikoilleen lopen uupuneena. Hän sulki hetkeksi silmät. Yö oli ollut pitkä.

Yhtäkkiä hän tunsi kasvoillaan jotain lämmintä ja märkää. Hän avasi silmät ja näki joukon pieniä koiria, jotka nuolivat häntä hereille. Pian hän tajusi, että koirat olivat corgeja. Jack ampaisi pelästyneenä istumaan. Hän näki kaukana hienon näköisen rouvan, jolla oli tweed-hame, tikkitakki ja päässä huivi. Kun rouva tuli lähemmäs, Jack tajusi, missä oli nähnyt hänet ennen.

Postimerkissä.

Rouva oli kuningatar.

Kuningattaren takana piirtyi hänen mahtavan kotin-
sa tuttu hahmo.

Jack oli laskeutunut Buckinghamin palatsin puutarhaan.

Kuningatar tarkasteli häntä ja tuumaili: "Etkös ole vähän turhan nuori kuninkaallisiin ilmavoimiin?"

OSA IV

TIE TÄHTIIN

62

Kunnianosoitus sankarille

Vaarin hautajaisia vietettiin viikkoa myöhemmin. Kirkko oli täynnä ihmisiä, jotka halusivat osoittaa kunnioitustaan sankarille.

Jack istui äidin ja isän kanssa etupenkissä. Hän tiesi, että arkku, jota hän tuijotti, oli tyhjä. Kumma kyllä Spitfirea ei ollut koskaan löytynyt. Ei myöskään vaarin ruumista.

Harrier-suihkukoneiden lentäjät raportoivat nähneen-
sä, että vanha kone lensi yhä korkeammalle maan ilmake-
hässä, kunnes se oli kadonnut niiden tutkasta. Sitä etsit-
tiin yötä päivää, mutta siitä ei näkynyt enää jälkeäkään.

Arkun ympärillä oli Yhdistyneen kuningaskunnan
lippu. Sillä tavalla Britanniassa osoitettiin kunnioitus-
ta sotilaille. Arkulla oli vaarin kuuluisin mitali, lentäjien
ansioristi.

Jackin takana istui Raj, joka itki ja niisti niin kova-
äänisesti, että kuulosti kuin hän olisi soittanut tuubaa.
Samassa penkissä istuivat kaikki vanhukset, jotka vaari
ja Jack olivat pelastaneet **Illankajon linnasta**, muun
muassa rouva Trifle, majuri ja kontra-amiraali. Kaikki oli-
vat ikuisesti kiitollisia miehelle, joka oli auttanut heidät
pakoon: vaarille.

Illankajon linnan tapahtumista oli sukeutunut maanlaajuinen skandaali. Ne olivat päässeet sanomalehtien etusivuille ja televisiouutisiin. Jack ei halunnut osakseen kunniaa, mutta vaarista oli tullut **kuuluisa.**

Vanhainkoti oli palanut poroksi, mutta "hoitajat" olivat vielä vapaina. Kukaan ei myöskään tiennyt, kuinka oli käynyt itse pääroiston, **Illankajon linnan** pahan ylihoitajan. Oliko neiti Swine menehtynyt tulipalossa? Vai hautoiko hän jossain seuraavaa **julmaa juonta?**

Käytävän toiselle puolelle oli asettunut lentolaivueellinen toisen maailmansodan lentäjiä. Everstiluutnantti Buntingin vanhat toverit istuivat ylpeinä, selkä täydellisen suorassa. Kaikilla oli jonkin sortin sotilasviikset:

VIIVAT   **KAHVAT**   **PULISONGIT**

HEVOSENKENKÄ

KEISARI

KEIKARI

MIEKKAMIES

MURSU

MEKSIKOLAINEN

LAMPUNVARJOSTIN

HAMMASHARJA

RANSKALAINEN

LEPAKONSIIVET

FU MANCHU

SALVADOR DALÍ

Kaikilla oli pikkutakit ja suorat housut ja rinta täynnä kiliseviä mitaleita.

Myös kaikki oppilaat Jackin historiantunnilta olivat paikalla. He olivat anoneet opettaja Veritylta vapaata, jotta pääsivät jättämään jäähyväiset. Vaarin vierailu oli ollut heistä mahtava, eivätkä he koskaan unohtaisi hänen taistelutarinoitaan. Tietysti he halusivat myös olla luokkakaverinsa Jackin tukena.

Kuultuaan, millainen sankari vaari oli ollut, neiti Verity poti syyllisyyttä siitä, miten hän oli kohdellut vaaria historiantunnilla. Nyt hänkin vuodatti kyynelen. Sotamuseon vartija kiersi lohdullisesti kätensä hänen ympärilleen. Kaksikon välille oli selvästi sukeutunut romanssi sen jälkeen, kun opettaja oli antanut vartijalle tekohengitystä.

Takapenkissä istuivat Beef ja Bone, Scotland Yardin toivottomat konstaapelit. He olivat tutustuneet Jackiin ja hänen vanhempiinsa johtaessaan **Illankajon linnaan** kohdistuvaa tutkintaa. Jack ei elätellyt turhia toiveita, olihan hän nähnyt heidän kuulustelumetodinsa. Toisaalta Jack tiesi, että he tarkoittivat hyvää, ja oli syvän surunsa keskelläkin iloinen, että hekin olivat päässeet vaarin hautajaisiin.

Urkumusiikin jälkeen pastori Hogg aloitti toimituksen.

"Rakkaat ystävät, olemme kokoontuneet suremaan isoisää, isää ja monien ystävää, joka on lähtenyt luotamme."

"Hän oli ainoa mies, jota olen koskaan todella rakastanut!" ilmoitti rouva Trifle äkkiä hyvin teatraalisesti.

Jack puolestaan tuijotti pastoria eikä kuunnellut tämän puhetta. Jack oli huomannut, että miehessä oli jotakin hyvin epäilyttävää.

63

Murtuneita neniä

Jack huomasi, että papilla oli naamassaan paksuja meikkiläiskiä, aivan kuin hän olisi yrittänyt peitellä jotakin. Puhuessaan pastori Hogg sitä paitsi vilkuili Jackia hermostuneesti lasiensa takaa. Timanttien peittämä kultakello kolisi hänen ranteessaan, ja kun hän huomasi Jackin tiirailevan sitä, hän veti kiusaantuneena hihan sen peitoksi. Pastori Hoggin kiiltävät mustat kengät näyttivät siltä kuin ne olisi valmistettu äärettömän kalliista alligaattorinnahasta. Hänestä uhosi shamppanjan ja kalliiden sikarien ällöttävä lemu. Hän ei ollut mikään tavallinen pappi, sellainen joka auttaa muita. Hän auttoi vain itseään.

"Avatkaa virsikirjan sivu satakaksikymmentäneljä."

Pastori Hogg nyökkäsi urkurille, isolle järeälle miehelle, jonka rystysiin oli tatuoitu sanat HYVÄ ja PAHA.

Äkkiä Jack oivalsi, että urkuri oli aivan
ilmiselvä... hoitaja Ruusu!

Musiikin kajahtaes-
sa ilmoille saattoväki nou-
si seisomaan ja alkoi laulaa.

"Sulle isänmaani annan kaiken maallisen,
uhrimielin pyhästi sinua palvelen..."

Virren aikana Jack tuijotti papin sil-
miä. Ne olivat pienet kuin sialla.
Jack oli nähnyt ne jossain.

"Ma kuulin maani kutsun yli meren
vellovan, toi tuuli yli vetten sen kutsun vaa-
tivan."

Virren jatkuessa Jack käänsi katseensa kuoroon. Arpia kas-
voissa, murtuneita neniä, puuttuvia hampaita. Kukaan
kuorolaisista ei tiennyt virren sanoja, ja kaikki mörisivät
sitä vain jotenkuten matalalla, käheällä äänellä. Saattoiko

keskellä seisova kultahampainen
laulaja olla... hoitaja Kukka?

*"Kuulen taiston äänet, jyskeen
aseiden, huomaasi nyt riennän,
kera muiden poikien."*

Jack katsoi olkansa yli papin apu-
laista, suntiota, joka seisoi kirkon
takaosassa. Hänellä oli tavan-
mukainen pitkä musta kaapu,
mutta epätavallista sen sijaan
oli, että hänellä oli kaljuk-
si ajeltu pää ja kaulassa hämä-
häkinverkkotatuointi. Hänkin
näytti tutulta. Oliko hän hoitaja
Nuppu?

*"Jo kauan sitten kuulin, on jossain toinen maa,
rakkahampi muita, ei ole armaampaa..."*

Kun virsi läheni loppuaan, Jackista tuntui, että arvoituksen ratkaisukin oli lähellä. Hänen mielessään välähteli muistoja... Neiti Swine polttamassa isoa paksua sikaria, kirkkoherran innokas puhe **Illankajon linnan** puolesta, sama pysty nenä... Ja jos kaikki kirkon apulaiset, urkuri, kuoro ja suntio, olivat **Illankajon linnan** huijarihoitajia – rikollisjengi joka halusi varastaa hoidokkiensa säästöt – niin tuskinpa heidän johtajansakaan oli kaukana.

Pastori Hogg jatkoi toimitusta ja ilmoitti: "Luen nyt psalmista 33: 'Riemuitkaa Herrassa...'"

Jack nousi seisomaan kykenemättä enää hillitsemään itseään.

"HAUTA-
JAISET SEIS!"

hän karjui.

64

Valepukki!

Oli ennenkuulumatonta keskeyttää hautajaiset. Saatto-väki ei ollut uskoa korviaan. Kaikkien silmät tapittivat Jackia. Lukuun ottamatta muutamaa harittavaa lasisilmää iäkkäiden lentäjien päässä.

"Mitä tämä tarkoittaa?" jyrisi pastori Hogg.

"Mitä ihmettä sinä puuhaat?" isä kuiskasi.

"Jack, istu nyt nätisti ja hiljaa!" äiti suhisi ja kiskoi Jackia takaisin penkkiin.

"Kirkkoherra..." Jack aloitti. Hän vapisi vähän eikä saanut sormensa tutinaa pysähtymään vaikka kuinka yritti.

"Kirkkoherra ja ylihoitaja... ne... ne ovat... YKSI JA SAMA HENKILÖ!"

HÄH!

Neljäsataa ihmistä älähti järkyttyneenä. Lukuun ottamatta kontra-amiraalia, joka oli sangen kuuro ja jonka kuulokoje vislasi äänekkäästi, kun hän huusi: "Mitä sanoit, poika?"

"Sanoin", Jack aloitti, ja nyt hän puhui paljon kovempaa kuin äsken: "KIRKKO-HERRA JA YLIHOITAJA OVAT YKSI JA SAMA HENKILÖ. PAPPI ON ROISTO!"

"Anteeksi. Joku vihelsi korvaani. En kuullut sanan sanaa", kontra-amiraali valitti.

Hänen ystävänsä majuri istui hänen vieressään ja huusi: "POIKA SANOI ETTÄ PAPPI ON ROISTO!"

"LOISTO?" Kontra-amiraali ei ymmärtänyt mistään mitään. "LOISTOJUTTU!"

"SELITÄN MYÖHEMMIN!" majuri karjui.

"Ei, minä, öö, tuo inha kakara valehtelee!" kirkkoher-ra puolustautui. Hänen otsallaan helmeili hiki. Suu oli niin kuiva, että se oli alkanut pitää naksuvaa ääntä, kun hän yritti puhua. Hän hajosi kuin palapeli.

Kuoron jäsenet mumisivat hermostuneina. He olivat jääneet kiikkiin.

"SE PAKOTTI!" hoitaja Kukka parkaisi yhtäkkiä. "MEIDÄN PITI ESITTÄÄ VANHAIN-KODIN HOITAJIA!"

"HILJAA!"

kirkkoherra ärähti.

"TUNNUSTAN KAIKEN! OLEN LIIAN NÄTTI VANKILAAN!"

"SANOIN ETTÄ HILJAA!"

Yksi rotta pyrki jo pakoon uppoavasta laivasta. Muut varmaan seuraisivat perässä. Jack tunsi olevansa vauhdissa. "Jahas, 'neiti Swine' siis selvisi **Illankajon linnan** tulipalosta! Olet koko ajan piileskellyt kaikkien silmien edessä!"

"En ole tehnyt mitään väärää!" pastori Hogg julisti. "Väärensin testamentit vain siksi, että halusin antaa kaikki rahat köyhille!"

"Valepukki!" Jack kiljui.

"Rupikonna!" huusi Raj.

"Tuhlasit kaikki varastamasi rahat shamppanjaan ja sikareihin ja uuteen urheiluautoon!" Jack huudahti.

Pastori Hogg oli jäänyt KIIKKIIN.

65

Hopeahapsien armeija

Alttarilla seisovan kirkkoherran ääni muuttui vihaiseksi ja katkeraksi. "Entä sitten? Mihin ne tyhmät käppänät olisivat rahaa tarvinneet?"

Tämä ei tietenkään herättänyt arvostusta huoneessa, joka oli täynnä vanhuksia. Pian kirkossa humisi kiukkuinen mumina.

"Jokaisen sunnuntaijumalanpalveluksen päätteeksi tyhjensin kolehdin. Ei niiltä kitsailta vanhoilta hölmöiltä herunut kuin lantteja ja irtonappeja. Eihän sillä saa ostettua loma-asuntoa Monte Carlosta!"

"**NYYH BYYH!**"

huusi Raj ivallisesti.

"**Suu kiinni!**" kirkko-

herra huusi.

"**Oooooooooo!**" Raj pilkkasi.

"Laadin siis suunnitelman hau-

dankaivajieni kanssa. Perustaisin oman vanhainkodin ja väärentäisin kaikkien kääkkien testamentit, niin että niiden rahat tulisivat MINULLE..."

"Voisitteko puhua vähän hitaammin?" huusi konstaapeli Beef takapenkistä muistikirja kädessään. "Yritän saada kaiken ylös." Konstaapeli Bone pyöräytti silmiään.

"Olet paha, paha mies!" Jack huusi.

"Ja nainen!" rouva Trifle lisäsi.

"Niin! Ja nainen!" Jack huusi. "Paha, paha mies ja paha, paha nainen. Kohtelit kaikkia asukkeja tosi julmasti!"

"Kuka niistä välittää? Täysiä höperöitä kaikki!"

Tämäkään ei luonnollisesti herättänyt ihastusta yleisössä.

"ETTÄS KEHTAAT!" rouva Trifle huudahti.

"OTTAKAA KIINNI!" majuri komensi.

"HYÖKKÄYKSEEN!" karjahti kontra-amiraali.

Kaikki kirkon vanhukset nousivat seisomaan ja lähtivät laumana rynnistämään päin kirkkoherraa ja hänen jengiään.

"Antakaa poliisin hoitaa tämä!" konstaapeli Bone huusi. Mutta *Illankajon linnan* entisiä asukkaita ei huvittanut kuunnella. He janosivat KOSTOA. Kun konnat pyrkivät pakoon kirkosta, vanhukset lähtivät perään. Kävelykepit, käsilaukut, rollaattorit... kaikki ne muuttuivat aseiksi. Rouva Trifle huitoi kirkkoherraa voimiensa takaa virsikirjalla. Majuri puolestaan oli ahdista-

nut suntion (siis "hoitaja Nupun") nurkkaan ja painanut
hänet seinää vasten kirjateline aseenaan. Kontra-amiraa-
li oli ottanut "hoitajat" Ruusun ja Kukan niskalenkkiin,
ja everstiluutnantti Buntingin vanhat lentäjätoverit puo-
lestaan mäiskivät heitä päähän rukoustyynyillä.

Kaikki Jackin koulukaverit hurrasivat.

Rikollisjengillä ei ollut mitään mahdollisuuksia har-
maahapsia vastaan.

"Pitäisi käydä useammin kirkossa", tuumi Raj. "En
tiennyt, että täällä on näin hauskaa!"

66

Hyvästi

Jackin vanhemmat katselivat kirkossa vallitsevaa seka-
sortoa ja kääntyivät sitten poikansa puoleen.

"Anteeksi, ettei heti uskottu sinua", äiti sanoi.

"Olet rohkea kun uskalsit vastustaa pahaa konnaa",
isä jatkoi. "Vaari olisi ollut sinusta ylpeä."

Sen kuullessaan Jack olisi halunnut hymyillä ja itkeä
yhtä aikaa. Niin hän siis tekikin.

Nähdessään poikansa kyynelet äiti kietoi käten-
sä hänen ympärilleen. Se tuntui hyvältä, vaikka äiti
lemahtikin Löyhkäävältä piispalta (itkettävän haiseva
juusto).

Isä halasi heitä molempia, ja hetken kaikki oli juuri
niin kuin piti.

Pahisten ja vanhusten taistelu levittäytyi jo kirkosta
hautausmaalle. Jackin luokkakaverit rynnistivät innois-

saan rettelön perään, ja konstaapelit yrittivät turhaan palauttaa lakia ja järjestystä.

"Pitäisi lähteä kotiin laittamaan juustoleipiä", äiti sanoi. "Kaikki ovat tulossa kirkosta meille."

"Joo", isä myönsi, "ja ikäihmiset saattavat olla nälissään tuon jälkeen. Mennään, Jack."

"Menkää vain edeltä", Jack sanoi. "Minun pitää olla täällä hetki yksin."

"Ymmärrän", äiti sanoi.

"Siitä vain, poikaseni", isä sanoi. Hän otti äitiä kädestä, ja he kävelivät yhdessä ulos.

Nyt kirkossa ei ollut enää muita kuin Jack ja Raj. Raj laski kätensä Jackin olalle.

"Onpa tämä ollut seikkailu, nuoriherra Bumting."

"Niinpä, mutta ilman vaaria en olisi selvinnyt."

Raj hymyili ja sanoi sitten: "Eikä vaari olisi selvinnyt ilman sinua. Annan sinun nyt olla yksin vaarisi kanssa. Haluat varmaan jättää jäähyväiset."

"Kiitos. Niin haluan."

Raj lähti, ja Jack jäi kirkkoon vaarin tyhjän arkun viereen.

Hän katsoi puukirstua ja lippua ja teki viimeisen kerran kunniaa.

"Hyvästi everstiluut–", hän aloitti mutta korjasi sitten: "Siis hyvästi, vaari."

Epilogi

Sinä yönä Jack makasi sängyssä, unen ja valveen rajalla. Huone alkoi kadota unimaailman tieltä.

Ikkunan takaa kantautui vaimea ääni. Taivaan korkeuksissa lentävän koneen surina. Jack avasi silmät ja liukui alas ylä-sängystä. Jotta viereisessä huoneessa nukkuvat vanhemmat eivät heräisi, hän hiipi ihan hiljaa ikkunaan ja veti verhon auki. Hopeista kuuta vasten piirtyi Spitfiren tuttu hahmo. Se kieppui ja teki silmukoita. Se pyöri. Se tanssi ilmassa. Lentäjä ei voinut olla kukaan muu kuin hän.

"Vaari?!" Jack huudahti.

Lentokone aloitti huiman laskun ja suhahti ikkunan editse. Ohjaamossa istui everstiluutnantti Bunting. Kun hohtava hävittäjä liisi ohi, Jack huomasi merkilli-

sen seikan. Vaari näytti ihan samalta kuin valokuvassa, joka Jackilla oli sängyn yläpuolella. Siinä, joka oli otettu vuonna 1940, kun vaari oli ollut nuori lentäjä ja käynyt taistelua Britanniasta. Hän oli jälleen nuori. Spitfiren humahdus sai Jackin pienoismallit tutisemaan. Hän katsoi koneen perään sen kivutessa yötaivaan korkeuksiin. Lopulta se katosi näkyvistä.

Jack ei kertonut kenellekään. Kuka häntä olisi uskonut?

Seuraavana iltana nukkumaan mennessään Jack pidätti henkeä innostuksesta. Näkisikö hän vaarin? Hän sulki silmät ja keskittyi kaikin voimin. Unen ja valveen välissä hän kuuli Spitfiren hurinan. Taas hän kipitti ikkunaan.

Samoin seuraavana iltana. Ja sitä seuraavana. Sama juttu joka ilta.

Niinhän vaari oli sanonutkin. Hän ei voisi kuolla niin kauan kuin Jack rakasti häntä.

Nyt Jack on aikuinen, ja hänellä on pieni poika. Heti kun lapsi oli tarpeeksi iso, Jack kertoi hänelle uskomattomista seikkailuistaan vaarinsa kanssa. Nukkumaanmeno-aikaan poika halusi aina kuulla, miten he olivat paenneet *Illankajon linnasta* ja varastaneet hävittäjän, tai miten Jack oli lentänyt laskuvarjolla Buckinghamin palatsin puutarhaan. Ja kun poika vaipuu uneen, hänkin näkee Spitfiren taivaalla. Joka ilta se suhahtaa hänen ikkunansa ohi ja viilettää sitten kohti tähtiä.

Ylös, ylös korkeuksiin.

Loppu

1940-luku

1940-lukua hallitsi toinen maailmansota ja siitä selviäminen. Se oli Britannian asukkaille suurten muutosten ja mullistusten aikaa, sillä miljoonat sotilaat lähtivät rintamalle, kun taas kotiin jääneet joutuivat sopeutumaan uusiin sääntöihin ja elämäntapaan auttaakseen sotaponnistuksissa. Kaikkien piti "tehdä osansa" maansa puolesta, ja kansalaisia kannustettiin "säästämään ja korjaamaan", mikä tarkoitti, että vaatteita ja huonekaluja kunnostettiin ja käytettiin uudelleen eikä heitetty pois. Kun sota päättyi vuonna 1945, elämä ei suinkaan palannut heti entiselleen. Vaatteiden säännöstely jatkui vuoteen 1949 asti, maa oli melkein vararikossa sodassa otetun velan vuoksi, ja elinolot olivat kehnot.

Toinen maailmansota

Toinen maailmansota alkoi vuonna 1939 ja päättyi vuonna 1945. Sodan osapuolia olivat akselivallat (muun muassa Saksa, Italia ja Japani) ja liittoutuneet (muun muassa Britannia, Ranska, Yhdysvallat, Kanada, Intia, Kiina ja Neuvostoliitto). Kiinnostavaa kyllä Neuvostoliitto – josta Venäjä muodosti suurimman osan – oli sodan alussa akselivaltojen puolella. Sota julistettiin vuonna 1939, kun Saksan joukot valtasivat laittomasti Puolan, jota Britannia ja Ranska olivat luvanneet suojella. Sota muutti tavallisten brittien elämää järisyttävän paljon, ja yli kaksi miljoonaa lasta evakuoitiin kaupungeista maalle turvaan saksalaisten ilmaiskuilta, joissa tuhoutui paljon koteja. Ruokaa ja muita tuotteita oli vähän, kun työntekijät lähtivät sotimaan. Akselivaltojen miehittämissä maissa kärsimykset olivat vielä kovempia.

6.6.1944 alkoi Normandian maihinnousu, jolloin liittoutuneiden joukot nousivat maihin vapauttaakseen Ranskan saksalaisten vallasta. Sen jälkeen he tunkeutuivat Saksaan, ja toukokuussa 1945 sota päättyi. Liittoutuneet jatkoivat taisteluja Japania vastaan Tyynellä valtamerellä elokuuhun saakka. Liittoutuneet julistettiin virallisesti voittajiksi 2.9.1945, ja toinen maailmansota oli ohi.

Winston Churchill

Winston Churchill on luultavasti Britannian historian ylistetyin poliittinen johtaja. Hän toimi pääministerinä toisen maailmansodan aikaan. Hän sai koulussa huonoja arvosanoja ja työskenteli sotilaana ja osa-aikaisena toimittajana ennen kuin päätyi politiikkaan. Hänen johtajuutensa vaikutti merkittävästi liittoutuneiden voittoon, ja innostavat radiopuheet kansalaisille auttoivat pitämään rohkeutta yllä. Hän kuoli vuonna 1965 90-vuotiaana, ja kuningatar määräsi pidettäväksi valtiolliset hautajaiset, mikä oli suuri kunnianosoitus.

Adolf Hitler

Adolf Hitler johti Saksan kansallissosialistista puoluetta eli natsipuoluetta ja nousi Saksan kansleriksi vuonna 1933. Hän laati heti muutoksia, jotka takasivat hänelle yksinvaltiuden ja raivasivat vastustajat hänen tieltään. Hitler uskoi Saksan kansan ylivertaisuuteen, ja tämä usko sai hänet lopulta murhauttamaan miljoonia juutalaisia, romaneja ja muita vähemmistöryhmiä. Näistä teoista käytetään nimeä holokausti, ja ne ovat synkimpiä tapahtumia ihmiskunnan historiassa. Kun venäläiset sotilaat marssivat Berliiniin vuonna 1945, Hitler ampui itsensä bunkkerissaan.

Gestapo

Gestapo oli vuonna 1933 perustetun Saksan salaisen poliisin nimi. Sen päämääränä oli etsiä ja pidättää Hitlerin hallinnon vastustajia, ja sen jäsenillä oli erityisoikeus vangita ihmisiä mielensä mukaan ja pakottaa heidät paljastamaan tietojaan. Siksi Gestapo oli pelätty ja pahamaineinen.

Säännöstely

Britanniassa alettiin säännöstellä ruokaa tammikuussa 1940, jotta kaikille riittäisi sodan aikana syötävää. Tiettyjä ruoka-aineita ostettiin sekä rahalla että säännöstelykupongeilla, jotta jokai-

nen saisi osansa. Vuonna 1940 säännösteltiin muun muassa soke-
ria, lihaa, teetä, voita, pekonia ja juustoa, mutta lista jatkui myö-
hemmin. Hedelmiä ja vihanneksia ei säännöstelty koskaan, mutta
niiden saaminen oli vaikeaa, ja hallitus kannustikin ihmisiä kas-
vattamaan niitä pihoillaan. Myös polttoainetta, saippuaa ja jopa
vaatteita säännösteltiin.

Colditzin linna

Natsit käyttivät saksalaista Colditzin linnaa sotavankileirinä
toisen maailmansodan aikana. Sitä pidettiin paikkana, josta oli
mahdotonta paeta. Silti monet pyrkivät pakoon Colditzista, laa-
tivat nokkelia suunnitelmia, joihin liittyi avainten jäljentämis-
tä, viemäriputkissa ryömimistä, henkilöpaperien väärentämistä
ja vankien ompelemista patjojen sisään. Useimmat yritykset epä-
onnistuivat, mutta noin kolmekymmentä vankia pääsi pakoon.

Operaatio Merileijona

Kun Saksa oli miehittänyt Ranskan kesäkuussa 1940, Hitler mää-
räsi joukkonsa valloittamaan Englannin laivoilla. Suunnitelma sai
koodinimen Operaatio Merileijona. Saksalaiset tiesivät, että ensin
heidän pitäisi vallata Englannin taivas ja raivata tieltään kunin-
kaalliset ilmavoimat. Tämä johti taisteluun Britanniasta.

Taistelu Britanniasta ja Blitz

Taistelu Britanniasta alkoi kesällä 1940. Saksan ilmavoimat, joi-
den nimi oli Luftwaffe, suorittivat joukon hyökkäyksiä, pommit-
tivat Englannin rannikkoa ja lentokenttiä tuhotakseen Britan-
nian puolustuksen jotta maa olisi mahdollista miehittää. Taiste-
lu oli Luftwaffen ja kuninkaallisten ilmavoimien voimainmitte-
lö. Saksalaisilla oli enemmän koneita ja lentäjiä, mutta briteillä
oli hyvä yhteydenpitojärjestelmä, josta oli heille ratkaiseva etu.

Elokuun loppupuolella Luftwaffe kuvitteli virheellisesti, että
kuninkaalliset ilmavoimat olivat romahduspisteessä, ja alkoi pom-

mittaa Lontoota ja muita Britannian kaupunkeja. Tästä ajanjaksosta käytetään nimeä Blitz. Saksalaiset pudottivat pommeja Britannian kaupunkeihin viitenäkymmenenäseitsemänä peräkkäisenä yönä, ja asukkaat joutuivat hakeutumaan turvaan metroasemille ja pommisuojiin. Vahingot olivat suuria, mutta toisaalta britit pääsivät panemaan ilmapuolustuksensa kuntoon.

15.9. Kuninkaalliset ilmavoimat aiheuttivat Luftwaffelle suuria tappioita. Tehtävä oli epäonnistunut, ja Operaatio Merileijonasta luovuttiin pian tämän jälkeen. Britannia oli saavuttanut ensimmäisen suuren voittonsa. Lentäjiä, jotka olivat mukana taistelussa Britanniasta, juhlitaan vieläkin sankareina. Jos he olisivat hävinneet, natsit olisivat luultavasti miehittäneet Britannian.

Kuninkaalliset ilmavoimat

Kuninkaalliset ilmavoimat eli RAF perustettiin vuonna 1918. Niillä oli merkittävä rooli liittoutuneiden voitossa toisessa maailmansodassa, ja niiden kuuluisin taistelu oli taistelu Britanniasta. Vuonna 1940 lentäjien keskimääräinen ikä oli vain 20 vuotta.

Luftwaffe

Saksan ilmavoimat olivat nimeltään Luftwaffe. Kesällä 1940 niistä oli tullut maailman suurimmat ilmavoimat. Ryhtyessään taisteluun Britanniasta saksalaiset lentäjät olivat kokeneita ja voitonvarmoja. Luftwaffe hajotettiin vuonna 1946, kun Saksa oli hävinnyt toisen maailmansodan.

Ilmavoimien naisjoukot

Ilmavoimien naisjoukot, jotka tunnetaan lyhenteellä WAAF, perustettiin toisessa maailmansodassa osaksi kuninkaallisia ilmavoimia, mutta niihin kuului vain naisia. Enimmillään niissä oli 180 000 jäsentä. WAAFin jäseniä kutsuttiin WAAFeiksi. WAAFit eivät osallistuneet taisteluihin, mutta heillä oli muita ratkaisevan tärkeitä tehtäviä kuten tutkan tarkkailu, sulkupallojen hoitaminen ja koodien purku. WAAFit olivat mukana suunnittelemassa operaatioita myös taistelussa Britanniasta.

Char wallah

Tällä nimellä Intiaan määrätyt brittisotilaat kutsuivat intialaisia, jotka tarjosivat heille teetä. Hindin kielessä wallah merkitsee ihmistä, joka toimittaa tiettyjä tehtäviä, ja sana chai taas tarkoittaa teetä. Englannin kielessä chai-sana kuulostaa sanalta char, ja niin muodostui käsite char wallah.

Hurricane

Hurricanet olivat hävittäjiä, joilla oli ratkaiseva rooli Saksan kukistamisessa toisessa maailmansodassa. Ne olivat uskomattoman vahvoja ja kestävämpiä – tai sinnikkäämpiä – kuin mitkään muut hävittäjät, vaikka ne eivät olleetkaan yhtä nopeita ja ketteriä kuin Spitfiret. Sodan jälkeen Hurricanet vetäytyivät palveluksesta.

Messerschmitt

Messerschmittit olivat Luftwaffen tärkeimpiä koneita taistelussa Britanniasta. Ne kykenivät paljon nopeampiin syökyihin kuin brittiläiset koneet. Toisaalta ne pystyivät lentämään tankkaamatta huomattavasti lyhyemmän ajan (vain puolisen tuntia), mistä oli paljon haittaa taistelussa.

Spitfire

Spitfiret suunniteltiin 1930-luvulla. Ne olivat hyvin edistyksellisiä, ja niitä oli helppo varustaa uusia uhkia vastaan. Muokattavuus, samoin kuin nopeus ja tulivoima tekivät niistä menestyksen. Spitfiret olivat yksipaikkaisia yksitasoja (eli niissä oli vain yhdet siivet), joilla oli iso nokka tai etuosa. Kuninkaalliset ilmavoimat käyttivät Spitfireja taisteluissa aina vuoteen 1954 asti. Spitfire on yhä legendaarisin brittihävittäjä, joka on koskaan noussut taivaalle.